只有詩如故

吳淑鈿 著

匯智出版

責任編輯：羅國洪
文稿編輯：王心靈
封面設計：洪清淇

書名：只有詩如故
作者：吳淑鈿
出版：匯智出版有限公司
香港九龍尖沙咀赫德道二A
首邦行八樓八〇三室
電話：二三九〇〇六〇五
傳真：二一四二三一六一
網址：http://www.ip.com.hk
發行：聯合新零售（香港）有限公司
香港新界荃灣德士古道二二〇至
二四八號荃灣工業中心十六樓
電話：二一五〇二一〇〇
傳真：二四〇七三〇六二
印刷：陽光（彩美）印刷有限公司
版次：二〇二三年三月初版
國際書號：978-988-76156-7-5

目錄

二 好好吃飯

三　光影心影

四 檻外碎步

五 微泓小語

六 微泓別集

序

湯梅笑

在淑鈿還在澳門大學任教時，我們在一次徵文比賽評判工作中認識了，逾三十年來，三度收到她的贈書，都是散文集：二〇〇〇年的《書窗內外》，二〇一三年的《常夜燈》，二〇一六年的《還看紅棉》。今年，淑鈿準備出版她的第四本散文集《只有詩如故》，把書稿傳來，邀我作序。我雖年長於淑鈿，但她的學問修養遠高於我，此邀的遠因是二〇〇八年我請她為副刊撰寫專欄，雖然我們相處時間不多，多憑伊妹兒往還，但我長期閱讀、編發她的作品，淑鈿便認定我能了解她。

淑鈿退休前是香港浸會大學中文系教授，做學術研究、授業是她的專業，拿起另一桿筆進行文學創作是在紛繁喧囂中享受一個安靜角落。她曾經說過，在諸種文學式樣中獨寫散文，因為散文創作主體性強，與現實人生最有直接關係，又最不拘體法。「最初大概只是想說說狹窄生活裏的尋常情事與風景，然而一路寫來，文字的腳步又帶領我揭發了心靈深處某些有價值的東西。」（《書窗內外》代序〈自說自話〉）她又說：「每次寫就一篇，我都能感受一種澄明與提升的愉悅，心上一些可能積澱已久而不自知的，或偶然遇人遇事而驀然冒出的茫茫思緒，在文字的生生滅滅之間，清空了。」（《常夜燈》代序〈清空有時〉）在清空中釋放了。

淑鈿在台灣師範大學國文系畢業，是香港大學中文系哲學博士，長期浸淫於古典文學，專於宋詩研究，在文學創作上以伶俐耳目觀察，以沉着的心感應，在人情物趣上找到自己的深沉體悟；在面相多端的世態中，筆下顯現受宋詩思理見勝、理趣見長的特點，真率地、文學地呈現其觀點理念。她的文字讓人看到她的氣質、性情、心思、喜惡，讀作品如見其人，如彼此相晤暢快交流。

《只有詩如故》共分六輯，輯集自《澳門日報・新園地》專欄「凡空靜土」、「微泓集」以及發表在文學期刊的作品。首輯「只有詩如故」，淑鈿發揮她的專業本色，得見學術優勢。在不及千字的小篇章裏談詩論文，不去承載厚重的學術，而是對應報刊專欄的特點，於古典文學具體篇章中易被讀者忽略的細節微妙處着眼，如素手在悠悠長河中掬上一捧撒向田田荷葉上，凝成活潑靈動水珠，顆顆輝點閃爍，晶瑩、剔透、繽紛。

淑鈿在詩詞世界裏自由摭拾，從文化角度探究，並把觸角延伸到現實人生，說荷，她接受深秋枯荷的衰敗之美，體悟到「要經歷生命的充盈與空靈後，才肯正視」。「世間的成敗興衰，必有其相對性。就在敗荷腳下，水波流動之處，一群群肥美的錦鯉來回攢動，生機勃勃。」對詩詞裏的月圓月缺，她說：「月圓若是美滿的符號，它是一種完成，也是一種休止。人生無法承受月圓的重時，不妨細賞如鈎新月，畢竟它有最大的進步空間。」從李商隱的無題詩引出生命存在感，「不是自我感覺良好就能忽然發現自己，需要做好切實的準備，進學修德，認識世界，還得和自己素面相對。」超越的目光來自深沉的理解。這類聯想、解讀，把古典文學拉進現實中，青年學子讀之將得益尤甚。

淑鈿有着做學問以外的諸種興趣，聽音樂、歌劇、賞曲藝、看電影和展覽，旅遊、行山、做瑜伽、靜坐觀心、飲食，著作頗見題材廣泛，觸發多端，讀之饒有興味。淑鈿不是老饕，在「好好吃飯」的飲飲食食固有味蕾的體驗，常存發現之心的她在度小月吃一碗麵也作一番姓氏考究；在日本吃到美味的豆皮壽司時看到經營者成功無捷徑，靠的是天天不斷重複的努力。引我共鳴者是其筆下的昔日簡樸之食變成今天懷舊的鄉愁，讓我品味者是她在飲食場所裏深植的情誼。觸物以起情，豈止飲飲食食咁簡單。「光影心影」寫的多是外語小眾電影中的精彩之作，她聽懂作品的「大語言」，解讀其深層意涵與藝術手法。「檻外碎步」是一輯走出鯉魚門外遊以及退休後離開大學校門過新生活的文章。退休是人生下半場的新天地，淑鈿於轉場中真誠地面對自己，在學習瑜伽中不止學養生，還學習養心，通過「覺察自己」，領會「寬容面部」，「慢慢走落平原，回到當初人望高處的起點，貼地做人」，她的穎悟值得同齡人借鑑。

我認識的淑鈿個性溫和而方正，重視原則，不會唯唯否否。身為人師的她，深明雙肩所負的社會責任，在教學中對己對人都要求認真、嚴格。高等學府相對於中學是自由多了，學子要蒙混過關也不難，但淑鈿深覺初入大學的十七、八歲青年仍然稚嫩，引導他們重視毋苟且的學習態度，甘負「惡」名，對大學生遲到這件被看成小到不成事的課堂紀律有所要求，結果凡來選修的都甚少缺課。〈讀書無前途〉、〈大學生是要教的〉、〈死亡之卷〉和〈愚公移山的現代觀照〉等教學隨筆篇章，關注香港現存的教育問題和探討中文科教學方法。有關這方面的議論，她在十年前的《常夜燈》代序中更有率直的批評，對香港的學府為了教育產業化，為了國際上似是而非的排名，令師道輕教重研，本末倒置；她為不顧才質、泯滅個性的教育感嘆，為在這種教育制度、社會傳統觀念下，教育工作者能做什麼而心焦。

優秀的文學創作，「寫什麼」和「怎麼寫」都是同樣講究的，「怎麼寫」是關係到文學性。文學作品而無文學性，皆因失諸粗糙。淑鈿的審美意識引導，用心於語言藝術，啖其文字，我會用甘味來形容。不是口角春風的淑鈿，其幽默文風之作使人失笑，寫大學裏的妙人妙事，來自她觀察入微；蒼茫歲月，花甲者誰，拿自己開涮，出於豁達自適的心胸。

展讀淑鈿新著書稿的時候，泡一壺發酵陳化恰到好處的普洱茶，茶煙裊裊，享受着書味茶香的渾然融合。寫作的淑鈿有觀察、有心境，善於在平凡事物中找出種種暗示，有話要說的她，定將會有更多佳作貢獻給讀者們。

二〇二一年十二月二十日

一 只有詩如故

人生莫奈何

楚漢相爭，八年的故事，講足兩千年，娓娓動聽。那是個有英雄、有個性的時代，成敗固然是兵家事，其中也有人生無奈的憔悴處。

歷史敍帝王事業，文學才會去到他們的內心。楚霸王一生征戰南北，所向無敵，最後不只敗在殘暴不仁，更輸在婦人之仁，所以三分天下之日，得不到韓信的歸附，終被張良算盡機關，路盡烏江。項羽於英雄末路，高唱我們熟悉的〈垓下歌〉，短短一首楚辭歌，怨訴的人生無奈，是時不我與：「力拔山兮氣蓋世，時不利兮騅不逝。騅不逝兮可奈何，虞兮虞兮奈若何！」開腔是何等蓋世豪氣，轉入次句，兩個「不」字，憤憤不平；烏騅曾見證他征戰沙場，勇猛殺敵，所以眼前難堪，絕非力有不逮，不過是時不我與罷了！力拔山河，終不敵一個「時」字，人在時勢之前的無力感，由欲斷還續、聲氣漸微的兩個「奈何」可以體認。我們看到強者的軟弱。他嘆息的是，時代否定了一個獨特的自己。

失天下的項羽固然無可奈何，得天下的劉邦應該躊躇滿志了吧？可成功人士其實也有隱痛。劉邦的兩首楚辭歌同樣帶着濃重的人生無奈之感。〈大風歌〉：「大風起兮雲飛揚，威加海內兮歸故鄉，安得猛士兮守四方！」叱咤風雲，威加海內之後，原來守天下和打天下一樣不易。所以擔心富不過三代的財主是有道理的。劉邦此時顧慮的，是軟弱的太子不能承擔大任，但太子的母親可是個非一般的女子，張良向她獻計，請出商山四皓，劉邦即使想另立趙王，也只能無奈妥協。〈鴻鵠歌〉中他向戚夫人哀嘆：「鴻鵠高飛，一舉千里，羽翼已就，橫絕四海。橫絕四海，又可奈何……」終放棄另立太子的念頭。

到他的曾孫漢武帝接手一個穩固江山，按說人生應了無遺憾，可他高吟一首〈秋風辭〉，慨嘆的，是「少壯幾時兮奈老何！」怕人生苦短，享不盡那榮華富貴，於是想入非非做神仙。

三首楚辭歌道盡古人成敗的困境：嘆時不我與、嘆守成不易、嘆生也有涯，而我們今天，何嘗不一樣？

三個李龜年

讀過三個時代盛衰之間的李龜年。

第一個，是歷史上的李龜年。唐玄宗時的梨園樂工，洞知音律，很受天子賞識。安史亂後流落江南，每遇良辰勝景，為人作歌，聽者聞之，掩泣罷酒。即是說，他曾生逢盛世，但天下動盪，落難民間，只能撫今追昔，賣唱餬口。

第二個，是詩歌中的李龜年。《唐詩三百首》的壓卷七絕，是杜甫的〈江南逢李龜年〉：「岐王宅裏尋常見，崔九堂前幾度聞。正是江南好風景，落花時節又逢君。」岐王崔九的豪宅只用作借喻當年李龜年表演事業的風光，王侯宅第，滿堂知音，歌樂昇平，美麗往事令人沉醉之際，本來正在讚頌江南好風景的一張笑臉，忽變黯然欲絕的悠長唱嘆：華筵塵散，就在這群芳辭枝的春盡時刻，我們又再次相逢。重逢的意義是劫後得餘生。詩人抒發的，是今昔盛衰的無奈。要走過繁華，才知廢墟的底蘊，故三四句韻味深沉，餘音未休。

第三個，是劇場上的李龜年。清代洪昇《長生殿》有著名的〈彈詞〉一齣，李龜年流落民間，唱着天上清歌與沿門鼓板之間的興亡遺恨，蒼涼悲壯，向群眾販賣時代大劫的見聞，為的是落難也要吃飯。【九轉貨郎兒】去到第八轉，他形容兵火後的長安蕭條一片，腥臊玉砌如今是空堆馬糞高，圍觀的聽眾不忍卒聽，反應竟是：呸！聽了半天，餓得慌了。

〈彈詞〉是絕唱，受盡讀者和觀眾追捧，我覺得這一齣寫得最精彩的，就在【九轉貨郎兒】「呸！聽了半天，餓得慌了」這幾句。可見李龜年情真歌亦真，有超凡感染力。妙在聽眾本來想知道的是天子風流與貴妃得寵的宮闈秘辛，最後聽到江山因此傾頹時，確認故事的線路，原來延伸到自己身上，意識到民間的顛倒疾苦，便是由此而來。亂世，飢餓是最切身的感覺，差點沒罵將起來。

掩泣罷酒，猶有酒可飲；劫後相逢，嘆的是今不如昔；好日不再，士人走落濕滑崩塌的階梯，一步一難堪。而民間一直活得不太好的老百姓，一切都以倉廩實為幸福的依據，戰亂來到眼前，「餓得慌了！」坦蕩直接，傳神而真實。

望春風與泣春風

〈望春風〉是台灣的民謠，上世紀三十年代以來，一直高踞台語流行曲榜首。幾十年前，街頭巷尾都會聽到這小調，不懂台語的，如少年懵懂的我輩，也會跟上兩三句，順着聲口溜去，但覺柔情無限，往往在路上走一回，便歌聲拂面，一身溫潤。

後來，在電腦萬能的時代，回顧那遠去的混沌韶光，才能細看〈望春風〉中的少女情懷：獨夜無伴守燈下，春風吹來，十七八歲未出嫁的姑娘，見着個標緻白淨少年，想要他來做夫婿，正是花開好年華呢！心兒繫在少年身上，聽得門外有動靜，趕快迎出去，卻原來只是風動門帘，月娘笑我是何等的傻憨啊！民歌自然真率。「果然標緻面肉白」、「心內彈琵琶」，是何等鮮活生動的語言。換了我們呢，不就是「青靚白淨」、「囉囉攣」了？

唔講傳神廣東話，我們不如來讀詩。像我這種自小用廣東話學中文的人，還是可以讀懂不少古典文學的。李商隱〈無題〉（八歲偷照鏡）中，有一個泣春風的少女：「十五泣春風，背面鞦韆下。」李詩人這首詩，也具民歌風格。在春風中飲泣的少女，「十四藏六親，懸知猶未嫁」，所以無心嬉戲背向鞦韆。即是說，她也是心內彈着琵琶，怕自己嫁唔去。

我們還是收起廣東話，再讀詩人這首白話化的詩。泣春風的少女，其實是他揣度自己命運的託寓，深藏士人的人生憂患意識。唐代高無際的〈漢武帝後庭鞦韆賦並序〉說：「漢武祈千秋之壽，故後宮多鞦韆之樂。」鞦韆之意，原來曲折可尋。背向鞦韆，是心存惶惑，不知往後漫漫人生將如何度過，泣春風表現少女即詩人早熟與自覺的焦慮感。那便不只心內彈琵琶，直情「揦住揦住」了。

大纜扯唔埋的兩個春風中的少女，在廣東話學中文被官員質疑時，莫名其妙地碰上了。

密密縫

在服裝店的櫥窗看到一台古老的衣車，無端雀躍了好一陣。那種舊款的縫衣機，只用腳踏去，便能軋軋運轉密密縫，是舊時婦女生活的老友記。古代閨秀在繡房繡花，近代婦女就在家中踏着一台縫衣機，度過流水歲月。

昔日老屋有一台輕巧的勝家衣車，女性長輩們做完家務，就坐在機前縫製衣物，家中一切衣物都出自她們的巧手。母親好像無所不能，我們小時候的身上衣，包括棉襖，都由她縫製。祥和的下午，圍住母親看裁衣是一件樂事，她只調度一把黑黑短短的直木尺，就像神仙棒，能按步做出衣裳來，針線中有着她對我們的溫柔的愛。

女紅是古來女子的必修科，出於現實生活的需要，也是農業社會對婦女修養的基本期望。換一個角度，針黹的學問可以是婦女的性別自覺表現。繁忙的家務操持已經夠累，她們仍無怨無悔為家人綢繆衣飾，那種巨大的溫柔的美，可不是現代女性可以追及的，而這樣的一個自覺的時代，想來，早年曾和我擦身而過，如今自是一去不復返。

念大學時的見識之一，是室友的縫衣熱情。宿舍晚上關燈，當然更沒有縫衣機，女生甲徹夜不眠，點燭夜縫，一夜之間徒手做好美麗旗袍，次日得意洋洋地穿上，為的是取悅新男友；女生乙則忙着為留學在即的男友夜裁襯衣，說是買不到質料夠厚實的。青春期，大過天的愛情原來要密密縫。成衣業發展後，今天誰還會自裁新衣去？

最經典的密密縫，還數傳誦千古的孟郊〈遊子吟〉：「慈母手中線，遊子身上衣，臨行密密縫，意恐遲遲歸，誰言寸草心，報得三春暉。」前三句是慈母的愛心，後三句是遊子的孝心。「意」即「心」，是詩眼，起上下結構承轉作用；上承母慈，下轉子孝，母子連心，都怕歸期漫長，不知相見何日。母親密密縫上的，固然是綿綿的愛，而沒有遊子的孝心，母愛便落空了。〈遊子吟〉所以流傳千載，正在這彼此珍惜的溫馨母子情。

和自己素面相對

難得太平的周末，交通無阻，去看了世界著名男高音巴伐洛堤的紀錄片《歌劇人生》。敘事者說，他很早便知道自己有歌唱的天賦，這對他也是個生命的負擔，是人生責任的包袱，有時甚至會帶來痛苦。

天生我才，是要付出代價的。於是又想再提李商隱的無題詩〈八歲偷照鏡〉，這首詩和其他著名的詩意朦朧的同類作品大不相同，風格清新，論者認為是他少年時代的作品，抒發前途遇合之憂；而我此刻想說的，是詩中其實滲透着他的生命存在感。

「八歲偷照鏡，長眉已能畫。十歲去踏青，芙蓉作裙衩。十二學彈箏，銀甲不曾卸。十四藏六親，懸知猶未嫁。十五泣春風，背面鞦韆下。」層遞的數字具體化了各成長階段的感情，用民歌手法，直截易懂。偷照鏡是自覺天賦良好，有才；芙蓉是高潔的修養，有德；銀甲不卸是用功之勤，有學；才德學兼備而未得賞識，這少年無限苦悶與焦慮，不知以後的漫漫人生如何度過。

詩作明顯表達對前途的訴求，是年青人出道前共有的忐忑。雖說無題，實則主旨有跡可尋。但既是無題詩，作為讀者，我們便有建立解讀意義的自由；當然，自由是有框架的。由「偷照」到「背面」的早熟與自覺，即焦慮感的由來，絕非虛設，作品步步透出修習有成的存在感，是他覺察生命的重要基礎。我思我在，有才而不恃才，努力修德進學，才有資格期待笑春風。

巴伐洛堤有才，恃才而不傲物，他明白天賦與責任共存，明白痛苦是人生不免，經歷起落之後，他致力發展慈善事業，撫恤戰亂與流離。

生命的存在感，不流於空言，它與責任共存，與人為善，且痛苦必相隨。古今中外，價值相同。不是自我感覺良好就能忽然發現自己，需要做好切實的準備，進學修德，認識世界，還得和自己素面相對。

重陽節快樂

年中佳節不少，一到節日，手機中便見節日快樂的圖像和祝辭滿天飛，人們連清明節和端午節都要互道快樂一番，相信重陽節也不會例外。不過今年大城的重陽節要快樂起來，是絕不可能的事，打後的重陽節是否可快樂一番，也無人敢多想。

我想節日快樂的祝願潮流，一來是因為智能電話方便通訊，藉一個年中的節日主題，和親朋打個招呼，是互相關懷的表現；二來既然是假期，當然應該快樂度過，什麼節日無關重要，開心就得，是提示要好好放鬆玩樂去。

重陽節快樂，乍聽怪怪的。除了登高，不少人視重陽為秋祭活動的日子，孝子賢孫會掃墓去，慎終追遠，敬悼在心，和墨西哥的亡靈節不同，我們絕不會狂歡祭祖。但北宋蘇東坡曾讚美重陽是年中佳節，是人生不能虛度的時光，想來重陽節快樂是有一番道理的，且先看南宋陳與義的詞作〈定風波・重陽〉：「九日登臨有故常，隨晴隨雨一傳觴。多病題詩無好句，孤負，黃花今日十分黃。

記得眉山文翰老，曾道，四時佳節是重陽。江海滿前懷古意，誰會，闌干三撫獨淒涼。」在傳統的重九登高日，詩人與朋友共飲賦詩，一時感懷身世，覺得辜負了佳節，便以東坡的金句來自勉自勵。下片用了東坡〈與李公擇小簡〉的典故：「秋色佳哉！想有以為樂，人生唯寒食、重九切勿虛過，四時之美，無如此節者矣。」重陽秋色最美，當及時行樂，是東坡於失意中回歸自然安頓生命的真切體認，也見於他的〈定風波・重陽〉：「與客攜壺上翠微，江涵秋影雁初飛。塵世難逢開口笑，年少，菊花須插滿頭歸。　酩酊但酬佳節了，雲嶠，登臨不用怨斜暉。古往今來誰不老，多少，牛山何必更沾衣。」人生失意常八九，好趁青春登高去，菊花滿頭盡興歸，莫待老來怨斜陽。黃花是東坡重陽詞的重要意象，貶黃州時寫的〈南鄉子・重陽〉更有名句「萬事到頭都是夢，休休，明日黃花蝶也愁。」可見陳與義這同調同題之作，是刻意奪胎換骨。「黃花今日十分黃」，造句奇硬，典型江西詩風，強調眼前的軟弱與期待振作，否則今日黃花變成明日黃花，便萬事俱休。他仰慕東坡，也因祖輩陳季常是東坡的老友記。

未必圓時即有情

國人自古便對月圓附會一種美好的心理願景。人間有情，我們把圓滿、團圓、美好等種種生命理想的情懷，投射到天際的月輪之上，也幾乎是同時，又把相關的反面情緒對準它抒發一番。老蘇的「但願人長久」是溫厚的祝願了，但他其實也在怨嘆：我們兄弟幾時才能不再分隔千里啊！

讀李商隱的〈月〉詩，也要為他的悲觀大搖其頭：「過水穿樓觸處明，藏人帶樹遠含清。初生欲缺虛惆悵，未必圓時即有情。」一句寫月照人，二句寫人望月，三四句寫月情的虛妄。詩人否定了古來人間的美麗想像。月色動人，翹首望天，他看到的，是遙遠的神話中的月亮，那是他心中的冰冷世界，因在月中的人與樹，和他一樣，都是寂寞的。所以他說，人其實沒有必要為月的盈虛牽動感情，月圓未必值得開心。月兒本來便沒有溫暖人間的意思。

要對生命有怎樣的體認，才讓他這般灰暗？長年孤身在外，巴山夜雨點滴心頭，胸臆間，離愁膨脹得像秋池水滿，除了積極地想像將來與家人共剪西窗燭，把眼前相思重溫之外，偶然，他也會心灰意冷：不要指望將來了，重逢也未必有幸福感，生命的變遷無常啊！

人的感情是複雜的，起落尋常，永遠的積極是虛假的。詩中第三句的「欲」字最耐人尋味，呈現一種行進或消亡中的緊張狀態。若說新月挾帶着時間的焦慮感，則殘月的漸次消蝕是萎縮的陣痛。「虛」是詩人清醒地自我喝止：不要把希望徒然交付，即使期待的美好時刻終於到臨，也可能欣喜無從。世間一切的美滿，終不免於幻滅，所以不要貪圖美滿。

論者說這首詩寫得直，實在是心思曲折到了家。一般讀者只聚焦後兩句，但二三兩句之間，最是千頭萬緒。

月圓若是美滿的符號，它是一種完成，也是一種休止。人生無法承受月圓的重時，不妨細賞如鈎新月？畢竟它有最大的進步空間。

梨花

糊了的四季，冬夏無縫。一日早起，隔洋的可愛舊生在他們的暮春時節，手機中送來一樹繁花，淡白的，說搜出的品目，是梨花。澄藍天空之下，長街上開遍淡白梨花的行道樹，是一班開往夏天的列車。年青人以陌生化的眼睛看新世界，我以借來的光影看她看見的世界，一樂也。

從未見識梨花。看罷照片，欣賞之餘，竟煞風景地回應，安史之亂的馬嵬坡兵變中，楊貴妃不是魂斷在佛堂前的梨樹下嗎？生氣勃發的梨花，這就無端蒙上死亡的陰霾，女生支吾：嗯嗯。沒趣啊！應該在想。

實則馬嵬兵變在夏天，花期已過，貌比桃花的女子命絕梨花，成了文人筆下淒艷的故事素材。梨樹之下，有女子其後尸化的肉身、有她錯認的愛情、有她被帝王捨棄的不甘、有她永遠的失意和寂寞。《長生殿・埋玉》中，她的「哭科」可真夠瞧的：「背掩淚↓哭↓牽生衣哭↓抱哭↓合哭↓哭倒生懷↓哭倒↓哭↓起哭↓哭↓哭縊」。哭罷，她把自己的命運放在歷史的高度上作價值的觀照：「百年離別在須臾，一代紅顏為君盡。」才含恨走到梨樹下奔赴黃泉。舞台上，她以無由自主而作出自主的意決，把原可自主而不能自主的唐明皇比了下去。白居易的「梨花一枝春帶雨」是小覷她軟弱了，洪昇才把那當初費盡心思鞏固愛情的聰慧還給她；明知狂瀾不可挽，要犧牲也要有個名堂。

無端演了一角的梨樹梨花，如今又看見，原是個春盡的大語言，沒有它，少了傷逝的氣氛。

我仔細端詳相片中的梨花，清雅淡白，叢集有致，是鮮明而濃密的花蕊，使枝頭添上熱鬧的妝容；說到底，純淨的東西更需要配搭。那天歐遊回來的朋友也高興地分享旅途上看到了燦爛的梨花，我就記住，明年該找個機會，在梨花樹下走一回，好感受暮春的瞬間。

只有香如故

年來常在坊間書報看到陸游這佳句。句出〈卜算子・詠梅〉：「驛外斷橋邊，寂寞開無主。已是黃昏獨自愁，更着風和雨。　無意苦爭春，一任群芳妒。零落成泥碾作塵，只有香如故。」詞題點明是詠物之作，由物寄意，藉梅花抒發詞人的孤高不群與生命自覺。「只有香如故」為什麼是纏人心魄的佳句？因為它也是生命莊嚴的宣示。

這詞，寫花也寫人，愁腸深鎖，卻兀傲自持。上片概括的時空意義，令人傷神：驛外是動盪，斷橋是無路，黃昏風雨是不見天日，寂寞無主獨自愁是孤苦無依。這遺世獨立的梅花，默默秉受天地的厚載，自開自落，無怨無悔，不爭不妒，即使風雨橫加，化作春泥，歸於塵土，香魂猶寄；它的生命，是要伸向永恆的。下片撐起全首精神，世道即使更飄搖與不堪，梅花都堅定地保持自我的孤高，不屑與俗艷同流，莊嚴宣示美好的本質是永不泯滅的。

南宋的陸游以詩名世，風格雄豪，詞則不乏婉約深沉之作，因為上過抗金的戰場，志在恢復而不得已終老江湖的痛苦，比他人真切，常有「心在天山，身老滄洲」的身心分離之苦。〈詠梅〉一首，流露的當是受朝中投降派排斥的憤慨之情，把此情寄託在梅花身上，想像豐富，人花合一。

我們對梅花並不陌生，從小便認定它是國花，可滑稽的是我們那時在小城從未見過梅花，滿眼劍蘭、菊花或百合；未識梅花面，它只是我們心中仰望的花之君子。直到今天，大城有數的幾個梅花景點，除非像龍友般每年緊貼花蹤，否則也徒嘆緣慳，所以梅花的香，也一直不是我所熟悉的。正是這一種欠缺，它只能被我供奉在文學的園圃裏。唐代李商隱憐惜它的早秀先謝未逢春：「寒梅最堪恨，長作去年花。」宋代陸游揭示它的堅韌本質：「零落成泥碾作塵，只有香如故。」一幻滅，一永恆，如詩。

風住塵香花已盡

李清照的名作〈武陵春〉膾炙人口，作品以淺易文字婉轉抒愁，坊間無數解讀可參考。可這首中學生的學習篇章，要傳達給現代少年讀者的，是怎樣的一種情感教育？「風住塵香花已盡，日晚倦梳頭。物是人非事事休，欲語淚先流。　聞說雙溪春尚好，也擬泛輕舟。只恐雙溪舴艋舟，載不動許多愁。」終篇所見，是一個愁字了得。愁從何來？愁腸如何翻轉？讀這詞，除了基礎語文知識的學習外，讓少年人懂一點關於情緒抒發的樣態，或者在今天的社會，起碼於教育方面，有點濟助。

首先我們得引導少年人感覺世界，而不是把北宋末年的李清照的坎坷身影先亮相人前。作品之所以成為經典，是它創造於獨特場景，具鮮明個別性，卻帶着更重要的普遍藝術意義，即是任何時空的讀者，都可在其中得到共鳴。且看美麗的首句，那是詞人愁之所自？風住是觸覺，塵香是嗅覺，花盡是視覺。詞序先後調動都可自圓其說。日晚倦梳頭的憔悴女子，是窗前見飛花，再嗅得香塵，知道狂執的春風吹過了？如此則她猶有積極的生活精神，對自然與節候時刻關注。所以這美麗的金句可以是虛寫，慵懶的倦才是真的。打不起精神，是世界一切都變了，美好的東西都化為塵土，人生感到絕望。愁自此生。

再者我們引導少年人去感覺情緒。情緒有層次。愁思是要尋出路的。明知春已過，還是想去抓住春天的尾巴，乃人之常情。春是生命中的美好。到雙溪泛舟是振起精神的念頭，讓自己不再沉溺愁緒，轉念之間，卻又覺得情怯：沉重的愁懷，不是一葉輕舟可以盛載的吧？還是想想算了。無論如何，我們看到她的自我掙扎，和生的欲望。這是愁腸翻轉的來與去。

要讓少年人體認，即使世界傾仄，不是一個愁字了得。半生歷劫的李清照，在春晚時節，婉轉抒發她的哀愁：憔悴、絕望、振作、情怯。流離道路中，她有此一刻，不甘被命運主宰心情。

山路驚奇二刻

去行山，在山腳，臨時改道。這路較易走，前面的一段斜坡，兩旁都是豪宅。豪宅隱身高牆內，門前自無駐步處，假日行經的，多是稀疏的行山客。這天走着，四顧之間，偶然發現有可觀之物，和可觀之人。

先是行經一大宅，抬頭見高牆外攀藤綠葉中，有棕色果實，以為是人參果，細看不是；有點像奇異果，又像巨型無花果，當然都不是了。再看，牆上還掛着好些呢，隱在綠葉叢中，不知其為何物，於是挑動好奇心，要用花綑照妖鏡般搜出它的身世。然後，手機上彈出讓人驚奇的芳草之名竟是「薜荔」！

二千多年前屈大夫矛盾失意，行吟澤畔，觀照自然，賦與他生命價值思考的芳草之叢，很多仍見於今日世界，例如我們熟悉的荷花、菊花、木蘭，而薜荔，當然也有注釋和圖鑑可參考，也知道它在台灣有個近親叫愛玉子，是夏天常見的果凍食材；但又名木蓮的這蔓生灌木，於我一直只神秘地活在書頁上，從未見於此間。這天終與薜荔驚奇照面。它就是〈離騷〉中詩人自擬高潔、通身佩戴的芬芳之一。它也是《九歌》中諸神失落、期待與自覺的象徵。「采薜荔兮水中。」（〈湘君〉）追尋的徒然，如水中摘薜荔；「罔薜荔兮為帷。」（〈湘夫人〉）編織重逢美夢，用薜荔結成帷幔來相聚；至於竹林深處丰采絕倫的山鬼，披一身薜荔女蘿，綽約多情。

牆頭的薜荔子，原是樹界古董，結着的，是二千餘年的文化果實。

沿路上山，見一家三口各持長鐵夾，不時停步在山邊草叢撥弄，父母夾出膠水樽，兒子約八九歲，每次蹲下先把尚餘的水倒出，然後把空樽放入父親手上的大膠袋中，袋裏滿是空瓶！家庭的假日活動是環保教育，令人驚歎和敬佩。我們刻意慢行，好奇旁聽他們的細語。他們是，日本人。

長溝流月去無聲

陳與義的〈臨江仙・夜登小閣憶洛中舊遊〉所以動人，是因為它具備文學藝術的所有寫作元素：內容豐富，時空開闊，思想沉潛，感情深摯，聲情並茂，結構明晰，有餘不盡。語言載體充滿暗示性是亮點，讀者可由此建構一種超越時空的藝術意義，所以耐讀。

詞云：「憶昔午橋橋上飲，坐中多是豪英。長溝流月去無聲。杏花疏影裏，吹笛到天明。　二十餘年如一夢，此身雖在堪驚。閒登小閣看新晴。古今多少事，漁唱起三更。」陳與義不是蘇東坡歐陽修王安石，後世認識他的讀者不多，對他的生平知之未詳。但讀這詞，便知他生命中遭逢時代巨變。的確他在兩宋之間，金兵入侵時，曾崎嶇道路，避亂湖湘，有過間關萬里的流離歲月。作品上下兩片以「昔↓二十餘年↓今」帶出時間長流中的如夢人生。他是洛陽人，午橋在洛陽。年青時期，素日相交的盡是有志創造時勢的豪傑之士，同氣相投，意氣風發。首句重複橋的空間意義，強調英雄是可帶領世人筏渡彼岸的非凡之輩。然而歲月無聲，清明過後，杏花寥落，曾經美麗的春天，好景不再。時代的氣數已盡。曲折嘹亮的悲涼笛聲響徹長夜，是英雄嘆世的奏鳴曲。笛聲是虛的。二十餘年如黑夜般的日子終於過去了，性命雖能倖保，「堪」驚是交代漫長歲月的不易。相對昔日豪情滿腔，「閒」是無所作為的寂寞，只能登上小樓，打量天色。小閣相對橋樑，是封閉的狹窄的。「新晴」是劫後。壯志消磨，韶華不再，詩人慨嘆世事起落，興衰變幻，古今相同。漁唱是虛的，夜半漁歌是尋常的生活之歌。末二句有餘不盡，詩人由個體的生命傷痛，把讀者帶出作品，感受世情和思理。

「長溝流月去無聲」是全首輻射作用最強的一句。默默長流的是永不相同的江水。水中的月影，自圓自缺，任光陰飛逝，它仍在那裏，伴着豪情萬丈的英雄，伴着四時變遷，伴着歷劫人生，伴着失意之士，伴着漁翁撒網……這三更漁唱的悠然不盡，此刻終被「看見」：誰的一生沒有一張待撒開的網？

美人之花

見過這手工花無數次。沒感覺。以為只是簡單製作的小紅花。忽地驚聞它有個古典的中文名字，叫「虞美人」。

暖陽高照的深秋季節，第一次世界大戰結束一百周年的日子，鋪天蓋地的國際新聞和圖片中，儀式上，一朵人人襟上別着的具象徵意義的艷紅，原來是悼念一戰陣亡將士的文化象徵，這才懂得它的存在與由來。一百年，似遠還近，我們剛一身塵土地自二千年的封建帝制中走出來，自顧不及，仍為租界問題參戰，卻派了十幾萬民工遠赴西歐，艱苦勞役。想想這些當年的父老子弟兵，他們可能連為誰做苦工都不知道，便往往客死異鄉。被秦始皇召去挖兵馬俑坑，即使勞役致死，好歹明明白白，知道為誰辛苦因誰亡。走到遙遠的歐洲，連身在何方以至誰主兵炮都未必搞清楚，就死傷纍纍，世上有比這更悲情的事嗎？

一百年後，默克爾說他們的祖宗因為野心、自私、無禮、欠外交溝通，致犯下大錯。比起也做過世界罪人的某些東洋人，她值得欣賞。所以學生問我去歐洲旅行最喜歡哪一國家，必答：德國。

我們那些死傷逾萬的無辜父老，長夜何冥冥，一往不復還，也值得向天際的他們，獻上一朵淒艷的紅花？

帶着一戰悼亡意義的虞美人花，在我們中國，有更悠遠的文學傳統。人共皆知項羽有個知心女友虞美人，「大王意氣盡，賤妾何聊生。」楚霸王高呼時窮，她也絕不苟且人世，後人為她製造忠於愛情的淒美故事。於是花界有名株，從此喚作虞美人，被認定是虞姬的化身。她的幽魂飛越千載，遊蕩田野，哀嘆那烏江之畔的草莽英雄，寧把自己頭顱與血肉讓舊時手足分屍去領功，也不敢再面對舊時江東父老。性命與良心，輕重昭然。至於江山，打不到，只好認了。

咸陽古道音塵絕

《漢宮秋》的課上，和學生讀到漢元帝親送昭君於灞橋，驀地想起李白的「灞陵傷別」，便順道把這美麗的詞作拿來附讀分享。問滿堂青壯：詞中最觸動你的是哪一句？他們猶豫再三，苦思良久。

讀《漢宮秋》未必能瞬間體認它的「曲好」，但傳為李白作的〈憶秦娥〉，只消讀一遍，便心神交付。「簫聲咽，秦娥夢斷秦樓月。秦樓月，年年柳色，灞陵傷別。　樂遊原上清秋節，咸陽古道音塵絕。音塵絕，西風殘照，漢家陵闕。」詞像舞曲，飄散着一種氣氛、一種心情，何止歲月滄桑的嘆息！

簫聲帶出淒美情調。秦女的秦樓夢不再，樓上明月也不再，舊時的秦樓月，照着的是漢家陵墓。灞橋依舊，春秋以來它一直在這裏，是東出長安，折柳相送的傷心地。月下秦漢有時，月下聚散無數。不變的是自然，變動的是人間，亙古銷魂的是幽咽的簫聲。上闋由秦下望漢，下闋由唐回望秦漢。唐代的樂遊原是長安的歷史名勝，緊貼曲江這天子賜宴新科進士之地。秋天站在原上遠眺，四顧蒼茫，西望秦時咸陽古道，音塵早絕，東望漢代灞陵，也空餘斜陽西風，拂送行人。生逢盛唐之末的李白是否會意識到這樣強烈的興亡幻滅感，大概是這詞作者存疑的其中一個考慮；文人詞在中唐始創調成熟，這是另一考慮。當然，李白的才氣絕對匹配這氣象沉雄的絕世佳作，讀來覺着它的美，這就夠了。

是什麼東西令人傾注心神？詞的基因是音樂，早期詞人也懂音樂，由音樂帶動文字的生命，詞調亦與內容相應。〈憶秦娥〉的入聲韻收煞欲絕，深切的傷感凝聚在灞陵這漢文帝的最後歸宿上；更令人嚮往的治世，春去秋來，只空餘明君陵墓讓人憑弔。原上士人遙想秦女的失落，意識到曲江生命價值追求的終極限制，因飲恨而吞聲。

可李白從未考過科舉，樂遊原上的心事，只是他的自我紓解？

秋天的等待

春天疫情初現時，人們心存厚望，以為會像當年沙士，夏天一到，瘟疫便自動消失，因此巴望炎陽早日遍照。誰知漸漸看去不妙，長夏都快褪盡了，疫情仍然反覆，專家更預料踏入乾爽的秋冬後，情況將更惡化，波瀾迭起。那麼我們要期待一個怎樣的秋天呢？搞不好是一寸等待一寸灰。

第三波疫情甫緩和下來，朋友都悲情地紛紛蠢蠢欲動，說要趁秋涼前，把這夏天被迫擱置或有待完成的生活項目趕快辦妥，如年度的身體檢查、預約牙醫或眼科，以至配眼鏡、換家具、修房子及聚親朋等，總之是為下一輪的長期宅家做好準備，免添臨事的惆悵。

一個急字了得，聽去荒涼。

於是夜來想起美麗而溫柔的秋天的等待，在李白著名的〈玉階怨〉中：「玉階生白露，夜久侵羅襪；卻下水精簾，玲瓏望秋月。」文字清淺而情意綿長。今年白露早過了，節氣上，秋已過半，過幾天便是寒露。但南方的我們仍處積熱中，秋聲未聞。還好可以藉詩言秋。這首精巧的樂府，詩中無人而自有人在。前兩句的「生」和「侵」見季節與時間的積漸，秋夜漸長，石階上的水氣隨長夜而越重，「生」與「夜久」呼應。露水滲濕羅襪，是因佇立良久。「羅襪」帶出高雅的思婦。鞋襪濕冷，只好回到室內，放下帘子，卻放不下牽掛與幽怨，隔帘凝望窗外秋月，幾時能與遊子重圓？說詩者都稱「卻下」轉折有情，是不勝腳底升起的冰涼，還是候人不歸的惆悵？意在上下兩句間的空白。實則後半首下帘與望月之間的思緒起伏更值得體味：一簾幽寂，終困不住逐寸成灰又復燃的相思與等待，此情，唯明亮的秋月可鑑。

曾經有幾年，我讓學生自由發揮末句的有餘不盡，結果屢生意外的趣味，男生往往把「玲瓏」體認為曲線玲瓏的美人身段，於是畫面馬上變得明明白白。

等待之火

謝朓的〈玉階怨〉常常被人拿來和李白的同題之作比較，寫作時間上，當然是南朝的謝朓一首在先，唐代李白在後了。但歷來評價，李詩較勝謝詩。實則唐詩步武齊梁，藝術表現較前代成熟，是自然的發展。兩首小詩都抒等待之情，哪一首更美麗？

「夕殿下珠帘，流螢飛復息。長夜縫羅衣，思君此何極！」同是樂府詩遊子思婦的題材，思婦的等待，李詩是由室外到室內，謝詩這首則以室內的思緒與活動為主。說詩者往往把次句的流螢意象具體化：黃昏垂下珠帘時，見帘外螢火閃滅，然後長夜縫衣，無限相思。則全首都是動態的描述：下帘、觀看、縫衣、思念。作為讀者，感覺是，太直遂、太緊密。

若把螢火虛擬化，體認為思婦心中閃滅的思緒，兼比興的藝術作用，而非賦敘的實景，詩意便美多了。大抵迫切的等待只一派密鑼緊鼓，教人吃不消，怎樣形容那一縷縈繞心中、無法放下的情懷？像「飛復息」的螢火，閃滅之間，似有還無，剛要放下，轉頭它又回到心上來，雍容的、悠長的慢慢滲透出來的等待與思念，美得無以復加。

李詩寫由室外返室內，想放下不盡的相思，猶把幽懷付諸明月，而謝詩是放下珠帘，遠念難消，藉縫製羅衣以遣長夜，把相思放在手上。從現實角度，我覺得謝詩更入情、更積極，更合生活常態。兩首名作，各自精彩。

美麗的等待只屬於詩的世界。現實中，等待的熊熊烈火已烽煙處處，專家說，疫境之中，有一種狀態叫做抗疫疲勞；在家工作、限聚在外、online做人……再加上社會風暴餘波中的盲目偏見與無理爭拗，一切都在磨蝕正常人的生活意志。疫情反覆下，我無論在城中郵局、餐廳或商店等遇到的，都是毛躁而晦氣的接待，如果這是社會不耐煩的表象，那麼這城市已虛弱得不得了。

秦穆公「攬炒」的迴響

行到廣州，由西漢南越王古墓內的殉葬者，看到古代帝王墓葬的「攬炒」，自然想到《詩經・秦風・黃鳥》的哭三良。秦穆公死，除了近二百人陪葬外，還要三良殉葬，秦民痛惜，發為此詩。三良是子車氏的三個兒子：奄息、仲行、鍼虎；他們是秦國的賢臣，據東漢應劭《風俗通義》載，三良甚得秦穆公器重，常君臣共飲，酒酣，穆公說：生共此樂，死共此哀。子車氏三子竟然就答應了同歸於盡。

「攬炒」是欺凌的、霸氣的暴力行為，志不同道不合卻硬要攬住別人一齊死，是強盜所為。子車氏若甘願殉葬，是同心同德的慷慨伴赴黃泉，其實不算真的攬炒，然而面對死亡，驚懼難免，故〈黃鳥〉哀鳴：「臨其穴，惴惴其慄。」後世文人同情三良，「指罵」秦穆公攬炒之餘，紛紛想像三良臨穴的悲哀心態，其中可窺個體生命與君臣倫理得失之間的世界矛盾。

在應劭提出你情我願的說法之前，《左傳》和《史記》都直接鞭撻秦穆公「死而棄民」，奪去善人的生命。東漢以後，魏晉士人嘆人生倏忽，精神意態表現為個體生命的高度自覺，對三良的殉主心理，多所體認。王粲說君主邀共死，焉得不相隨？雖然臨穴呼蒼天，但人生各有志，成為後世典範倒是值得安慰的。王粲是言志派。阮瑀雖責怪秦穆公，卻認同忠臣不違命，想像三良面對死亡時，低頭窺壙戶，仰視日月光。墓穴是肉身的歸宿，日月是生命的延續。阮瑀是阿Q派。曹植不怨秦穆公，說殉葬是忠義我所安，三良臨穴仰天嘆，雖自願也奈何。陳思王是溫和派。陶淵明最豁達，他想像三良從容奉命，是因遇合難得，臨穴罔惟疑，投死如赴義。五柳先生是搵笨派。

魏晉是禮樂崩壞的時代，士人體認三良臨穴的心態時，着眼在忠臣與君恩的倫理價值上，言外大有肯定三良死得其所之意，看去遠不及秦民的真摯，和左、史的理直氣壯，這是應劭的錯。

詩人與雞

前陣子大洋彼岸的舊生入讀博士班前，與師友討論杜甫的夔州詩，其中一首是〈催宗文樹雞柵〉，興到便也跟着細讀一番。

詩歌以五言賦敘的方式，抒述兒子宗文樹立雞柵前後的感思。有論者由親子關係體認作品深度，有從儒家思想稱許詩人表現仁義之心。作為詩人後期在夔州的生活點滴，陳義過高的學術角度有時會抹殺詩作本然的趣味，我們不妨回到最根本，看看詩人如何示範做一個良心雞農。

亂離日子中，詩人養了幾十隻雞，雞群是他生活的倚靠，也讓他心氣平和，精神有寄託：「倚賴窮歲晏，撥煩去冰釋。」樹立雞柵，是因為春天雞群繁殖漸眾，造成噪音、衛生和空間問題，「驅趁制不禁，喧呼山腰宅。」「踏藉盤案翻，塞蹊使之隔。」於是發現「牆東有隙地，可以樹高柵。」便帶出土地開發和環保的意念，要用青竹築起欄柵。他吩咐兒子把雞隻放入籠內，但不要把牠們抓起摔進去：「織籠曹其內，令人不得擲。」這是有愛心、尊重生命的表現。養雞在欄內，餵以飼料，牠們便不再啄食地上的蟲蟻，也免了被狐狸捕殺的機會：「我寬螻蟻遭，彼免狐貉厄。」大家相安無事，強弱各得其所，都能好好繁衍生長：「應宜各長幼，自此均勍敵。」這是生態保育精神了。欄柵在家居附近，修好之後，雞隻的數目增減和分類飼養都方便處理：「明明領處分，一一當剖析。」這是管理學概念。每天早上，雄雞司晨：「不昧風雨晨，亂離減憂戚。」起得床來，面對現實，努力工作，這是專業態度。作為良心雞農，詩人說，雞雖平凡，牠們的生命是值得尊重的：「其流則凡鳥，其氣心匪石。」這是物類的關懷。所以即使說烏雞利治風痹，他也不會天天劏雞補身，等到秋天，才多吃一點雞蛋：「愈風傳烏雞，秋卵方漫吃。」這不就是今天我們說的可持續發展嗎？

簡直就是詩人的三觀展示了。

才下眉頭，卻上枕頭

在敏求精舍的六十周年精品展覽中，見到幾個以前常在博物館出現的宋元古枕，如今插翼難飛，能觀賞眼前的精緻，也算是一種慰藉。

這些古瓷枕，上面畫有山水、花卉、波浪或獅虎等，也有一個題寫（中呂宮）【點絳唇】的詩文枕：「鶯踏花飜，亂紅鋪地無人掃，杜鵑來了，葉底青梅小。倦撥琵琶，總是相思調，憑誰表，暗傷懷抱，門掩青春老。」傳世的同類古枕不止一個，但形制略異，皆因非由機器倒模而出；自窰中燒製出來，由知書識墨的工匠寫上詩文，買者相信也是懂文墨的人，至於是誰貼身使用，倒是饒有趣味的事。

原作者是宋代無名氏，內容由工匠稍作改動。此君或恃才而改，或背誦間，記差了，反正詞意相近，他自己，其實也是詩壇無名氏。如果是藉枕上詩詞寄意，工匠許是個落魄文人。詞為傷春之作，寫春盡寂寥。首句最是精彩。黃鶯在落花間飛過，看去就像踏翻了芳菲；本來各自的生命軌跡，一瞬間竟成了絕妙奇景，確是高手。視線自上而下，由空中的飛花移到地上的亂紅，春殘花落，於是暮春鳴叫的杜鵑也來了；杜鵑的鳴聲是落花時節的標誌，意味春的腳步漸行漸遠，梅樹深處的青梅，熟透則有待初夏。黃鶯杜鵑青梅都細小，鋪地的亂紅是大景，卻一派寂寥，人呢？轉入下片，傷春的人兒慵懶地撥着琵琶，苦惱於無處訴相思，獨處空房，怕青春老去。「憑誰表」的原作是「知音少」。前者是彈者嘆自己相思無寄，後者是嘆聽者知音稀少。一個表，一個達。異曲同工。

元代周德清說古代樂律，宮調各有風格，用「高下閃賺」的中呂宮，表現傷春情懷的閃滅高低，十分恰切。無論是失意的士人或閨中的思婦，買得美枕，每夜睡前撫枕細讀其上幽怨，想來必孤枕難眠，要偷李清照名句一用：此情無計可消除，才下眉頭，卻上枕頭。

枕話

由詩文枕想到枕頭的古今之別，饒有趣味。古人的枕頭，有木造的，或藤、瓷、竹、絹、玉等造的，洋洋大觀。玉枕和瓷枕都精美高雅，絹枕溫柔，藤竹涼快；想像中，絹枕應是諸枕中最舒適的，我卻喜歡藤或竹片造的，無他，眼前炎炎夏日，想想都覺涼快。

睡在這些硬繃繃的枕頭上的感覺是怎樣的？昔日家裏有兩個小瓷枕，是祖母的枕頭。一個在她房中，一個在客廳長椅上，她有時會午睡在此。我們小時常學着她，在小瓷枕上鬧着躺一陣，卻從未能好好睡一覺，因為太硬了。印象中老祖母素日只靜靜的躺着，從未見輾轉反側，和這小硬枕或有大關係？所以古人失眠時，還是起床走動走動算了。「輾轉不能寐，披衣起彷徨。」

現代人可以高床暖枕的話，溫軟的枕頭是創造優質睡眠的客觀條件之一。好多年前，我們自海外聘請一位訪問教授來講學，抵埗後，他說其中一隻箱子內，只放了一個枕頭。

理由是他不肯定宿舍設備是否愜意，用自家的枕頭，起碼即晚可以安睡；對他來說，每一天都值得珍惜，所以每晚都要睡得好。旁人嘖嘖稱道。

可見枕頭是很個人化的東西，和幸福生活的追求有關，也和年紀有關。人在少壯，倒頭可大睡，管他床鋪被褥什麼的，老了就有睡眠質素問題或頸椎問題來敲門，所以有個私家枕可確保身心健康，「高枕無憂」並非空話。但專業人士其實並不推薦高枕，枕高則脖子易懸空，易生現代人常見的頸椎病。我們的枕頭，原是安頓脖子的護頸符。這樣看來古人的硬枕倒是夠安穩的。

不由想起〈長恨歌〉中那句精彩絕倫的「攬衣推枕起徘徊」。白詩人把楊貴妃在九華帳裏聽到方士召喚時那副「夢魂驚」的意態刻劃透骨，一句只七字，動詞佔其五，「攬」「推」「起」「徘徊」，緊湊的連貫動作中，「推枕」是驚愕和回神的那一瞬。

芙蓉

那時是秋天，老友說在郊野見到了芙蓉花，說來就勾起彼此的芙蓉記憶。她回想童年在小城見過的一天內榮枯色變的芙蓉花，艷似牡丹。我則想起昔日老屋天台的幾盆也叫芙蓉的植物，凡有喜慶，祖母必折一束，與兩三片扁柏放在紅封包旁，圖個吉利。

然後書上的芙蓉也紛紛出來湊熱鬧。〈長恨歌〉的「芙蓉如面柳如眉」搶先出台，畢竟這是人人熟悉的一句。玄宗思念的當然是美人了。白詩人說的是秋天拒霜的芙蓉？但與柳葉相映，則秋花似有不合。追溯一下唐代以前的芙蓉，漢詩有句「涉江採芙蓉，蘭澤多芳草」，歷來都說，這是荷花。既採自水中，荷花是合理的。再看〈離騷〉也有「製芰荷以為衣兮，集芙蓉以為裳」，雖然明代有人提出，這可能是秋花芙蓉，因為上句的芰荷，已包括了荷葉荷花，下句便不應重複，但古今仍多指芰荷是葉，芙蓉是花；以出污泥不染的荷花做下裳，意味詩人高潔的自覺。回到唐代，李商隱其中一首〈無題〉的「十歲去踏青，芙蓉作裙衩」，注家都引〈離騷〉典故，以為象徵李詩人本質之高潔。踏青當然不指秋天了，所以裙衩繡着的，當是荷花。荷花又名「水芙蓉」，大概由此而來。

但王維〈辛夷塢〉的「木末芙蓉花，山中發紅萼，澗戶寂無人，紛紛開且落。」明言樹梢，便不可能是水中的荷花了。詩題既是辛夷，這芙蓉當指木蘭花；木蘭未開的灰色細絨花苞叫辛夷，春天開花紫紅，用「芙蓉」是形容它的美麗。王詩人藉春花的自開自落，表現山間寧靜中的生命氣息。

可以說，芙蓉一向是荷花的別稱，而另一些被稱芙蓉的花，是指「芙蓉般美麗」，後來又出現了美若芙蓉的花兒，也就真以芙蓉為名了。為別於也稱芙蓉的荷花，於是這芙蓉今天就叫木芙蓉。一日榮枯的芙蓉，據說花色由白漸變深紅，日盡魂消，稱醉芙蓉。我未見過，聞之但覺薄命堪憐。美好的東西總難長久。

故居天台的吉祥草，原叫芙蓉草。銀灰的細條葉子有點像菊花的瓣兒，成束向上堆疊而生，遠看就像大叢的銀菊，不知怎的就與紅封包和綠扁柏做了最佳搭檔，成為民間寓意吉祥的象徵。那時挽着水桶，咚咚地爬上天台的一群小孩，其實不知道他們澆灌的，是一種叫做生命記憶的東西。

辛夷生成是木蘭

講起芙蓉，想到王維的辛夷詩，意有未盡。「木末芙蓉花，山中發紅萼，澗戶寂無人，紛紛開且落。」除了以芙蓉形容辛夷之美外，這首詩有意思的地方，是可由此體認讀者理論的實踐。好多年前，讀過復旦大學陳允吉教授的研究，印象猶深。意思是，讀者若由儒家角度看，可體認山花的勃勃生氣，開落不斷，富積極進取精神。若由道家角度看，則辛夷的開落循環，無為而自成其功，乃道的自然本質。而由佛教研究角度看，則詩中表現的自然現象，不過是瞬息即逝的幻境。即是說，任花開燦爛，到頭來色即是空。

好的文學作品蘊含豐富，作品暗示了什麼，不一定是作者的設計，意義深淺，視乎讀者怎樣看。又開花後的辛夷，就是木蘭花，這是中國最古老的植物之一。〈離騷〉中眾多的香草書寫，木蘭是其一，詩中出現過兩次，都夾在歲月不居的深沉嗟嘆中。第一次，「朝搴阰之木蘭兮，夕攬洲之宿莽。」詩人恐時不我與，於是做好準備，努力修德，所採山邊的木蘭，據屈原最早的「粉絲」王逸說，此物去皮不死，象徵生命的堅韌。第二次，「朝飲木蘭之墜露兮，夕餐秋菊之落英。」詩人慨嘆不諧於世，餐飲香草，使內化為身體的營養，好對抗衰老，等待時機，成就美政。木蘭是迎春花，與宿莽和叢菊共同載負詩人的時間焦慮感，要知道，後兩者都是經冬不枯的花草中的好漢。

兩千多年前，木蘭喚起了屈大夫逝如朝夕的生命敏感，今天，它多了一個俗氣的名字，叫紫玉蘭。可我仍喜歡稱它做木蘭。花開時分，葉兒落盡，繁英滿枝，疏密有致，美麗得來帶一份含蓄的高貴。可惜南方風土，不利木蘭繁殖，偶然在公園或人家院子牆外見到瘦瘦的幾株，就有一點莫名的興奮，如與古相遇。

對木蘭的親切感並不盡由書上來，現實生活中，我對辛夷最熟悉，雖未飲木蘭之露，倒常喝辛夷之湯。被古人稱為「木筆」的辛夷可入藥。舊日一位相熟的老中醫，除了治病，也有教育病人的仁心，常常諄諄訓誨，食療勝於藥療，提示辛夷可日常煲湯飲用，指利通鼻息。如今想來，芳香的辛夷湯不就是木蘭春露嗎？

天地悠悠，不見古人，猶見古木，它一直滋潤着世間枯竭不安的生命。

傷春

四月底，相思樹花開滿城的日子，驀地想起唐代詩人李商隱的傷春。傷春悲秋，向來被視為文人的脆弱情質，以至古今浪漫女子的多愁善感。傷春總令人黯然銷魂，套用詩人的名句，是「一寸相思一寸灰」。

李商隱的詩作情思纏綣，向來吸引愛好古典文學的讀者，以他一個如此天賦深情、心靈如此纖細、對人生感受如此敏銳的才子，似幽閨女子般鎮日傷春，讀者是完全可以想像的，甚且帶幾分憐惜與同情；世間有才有情者，有時不知是上天的一種恩賜還是折罰。常見現實世界中的才子才女，聰慧過人，悟性特高，對世界也期望甚殷，不免替他們擔心，不知他們打算為自己的不凡氣質付出多少代價。

但李詩人的傷春，其實頗有層次，他除了為自己的不遇傷神，也推己及人，可惜同病相憐的詩友，或悲悼失意的前人，以至痛陳時代的變奏，念天下蒼生；天地變色，繁華消逝，思考生命的意義，希望珍惜美好歲月。詩人的傷春是一種傷逝憂緒，他的怨嘆，包括對生命的感知、想像、期望、痛惜、自覺與堅執，是表現存在的思考，最後則落腳在正面的人生態度上，這是常被忽略的。至於千古傳誦的「春心莫共花爭發，一寸相思一寸灰」，也絕非萬念俱灰，他是說，人總不免嚮往美好的人生，雖說相思（即春心）恆常成灰，灰心時就喝停自己勿作妄想，但這樣的一種自然的想像與企盼如何能抑止呢？詩句不在展現價值的判斷，而是告訴我們，傷春乃生命中的自然現象。

文學上的悲秋，是點算成果、省察生命的較具實的感情，傷春則是期待美好卻失望，或慨嘆曾經有過的美好不復再來，即是落空了。才藝高的人，自我感覺通常特別良好，也最承受不起落空的感覺，動輒投訴世界和我過不去，無法甘於平凡，放大了的自己，是世界唯一的中心；怎樣安頓一顆容易受傷的心靈，也是一種修為。

每年，辦公室窗前半坡相思開遍黃花的日子，那股耀眼逼人的燦爛澄金，教人幾乎睜不開眼睛，但夜來風雨，翌日便遍地黃花堆積，胡胡茸茸的，青春瞬間揮霍淨盡。明年再開的，自是另一番相思。和美麗的東西擦身而過，悵然難免，怪不得詩人給我們留下心靈的印刻。

後山先生的白髮

那時和學生一起，討論了一個學期的宋詩，沒想到，他們會喜歡陳後山的詩。讀期終報告，發現他們不約而同地，過歐陽修、蘇東坡、陸游等大家的門而不入，卻去細看後山先生憂傷的心靈。

後山即陳師道。宋代江西詩派的代表詩人之一。後山也是宋代有名的苦吟詩人，和唐代的李賀和賈島一樣，創作十分認真。最有名的故事，是說他每逢登臨得句，便趕快歸家，躺到床上去，大被蒙頭，怕聽人聲。家人了解他的習慣，於是連忙趕走貓狗，小孩亦暫寄鄰居，待他完成創作，才一切回復正常。

一個在藝術上如此執着的人，自然也是個情摯之人，對生命有自己的堅持與追求。他因為不滿王安石的新法，與蘇東坡等同為舊黨，仕途很不順利。應該是因為生命價值的失落，所以詩中常見他自憐白髮生，特別是節令當前；中秋夜，他說：「不應明白髮，似欲勸人歸。」除夕，他說：「髮短愁催白，顏衰酒借紅。」重陽節，他說：「九日清尊欺白髮，十年為客負黃花。」又說：「巾欹更覺霜侵鬢，語妙何妨石作腸。」我們知道，年中節令各有不同，相同的，是具符號意義的日子，標誌年歲的經遷，暗示生命諸般數算的時刻又到了，所以詩人即使未老，寫這些作品時，才三四十歲，卻聲聲浩嘆鬢如霜，皆因「苦大愁深」，有着身與世的焦慮感。然而雖窮困落拓，愧對妻兒，若要諂媚權貴，他是寧死不屈的。最後他終因天寒無厚衣，又不屑穿着妻子借來的貴人衣裘去參加郊祀禮，五十歲未到便病逝了。要講宋代士人的以氣節自高，後山是一個典型，他以內心的修養克服眼前困境，寫出「落木無邊江不盡，此身此日更須忙」的生命反思，「富貴本非吾輩事，江湖安得便相忘」的現實矛盾；人家寫春天的香花美草，他竟把蝸牛蛛網寫到「淡中藏美麗」：「斷牆著雨蝸成字」、「風翻蛛網開三面」，一樣精彩。

他是個真性情的人，由兩事可見。一是得曾鞏賞識，便終生師事之：「向來一瓣香，敬為曾南豐。」曾鞏死，寫下沉痛悽婉的名詩〈妾薄命〉。二是當年東坡曾薦他為徐州教授，後東坡不容於朝，自求外放，出知杭州，他往送別故人，但上司不批，於是他請病假，依然去了，結果被論與東坡私有往來而罷職他遷。他有士人之義。

這樣一個命途坎坷的古代詩人，學生喜歡他的是什麼呢？不就是這些有價值的東西嗎？

荷花詩趣

古典詩歌中，以荷花為主題或題材的作品甚多，寫得有趣和生動的，非宋代楊萬里莫屬，其中兩首饒有意味，不妨分享一下。

傳統文學的荷花意象，是出淤泥而不染，美麗得來高潔明淨，故宋代周敦頤稱為君子之花。實則文人在觀照和賦詠之間，有意或無意地，往往帶出更豐富的人文意涵，能超越尋常的欣賞角度，值得細讀。

〈曉出淨慈寺送林子方〉是楊萬里的名作：「畢竟西湖六月中，風光不與四時同；接天蓮葉無窮碧，映日荷花別樣紅。」節奏明快。詩人語調有力地指出：夏日清晨的西湖名剎淨慈寺門外，荷塘風景果然與眾不同。人人都可想像的畫面，人人都可理解的詩句，所以多數讀完便算了。可詩歌是表現主題的，主題既是送別友人，則詩人強調眼前美景，向友人展示亮麗世界，欣悅之情溢於言表，絲毫不見離愁，有別一般傷感的送別詩，是為難得之處。就是這樣，沒有陽關折柳，沒有灞陵傷別，在這風光明媚紅綠相映的六月西湖荷池邊，我們互道珍重，走向各自的未來。非常灑脱。

另一首〈觀荷上雨〉則是兼具理趣童趣的詩：「細雨霑荷散玉塵，聚成顆顆小珠新；跳來跳去還收去，只有瓊柈弄水銀。」細雨落在荷葉上，看在詩人眼裏，竟成精妙世界，自然景象深含人生哲理，故「觀」字最是主宰。灑在荷葉上的雨絲，結成顆顆如晶瑩玉屑的水珠，不停滾動着，這是一層。雨不斷下着，水珠不斷散開又聚合，這又是一層。散的和聚的永遠不可能是原來的那顆小水珠，每一回聚散都是生命的一回更新，這是兩層意思的共同延伸。於是荷葉像神話的不周山，是不息開放的芭蕾舞台，又像人生永不癒合的傷口。然後，走向沉重的調子忽然鬆懈，詩人改用童真的心眼去觀賞這番景象，雨珠頑皮地在荷葉上跳彈着來去，終歸各自被不同的水珠收拾去了，荷葉就如一個大玉盤，播弄着上面像瀉地水銀的雨珠。非常生動的畫面，沒有鮮活的心靈，寫不出這樣活潑有趣卻意味深遠的小詩。

荷花詩恨

楊萬里的荷花詩很陽光，李商隱以荷花為題材的作品，同樣照見生命，卻傷感微茫，試舉兩首。

〈暮秋獨遊曲江〉是李詩人名作：「荷葉生時春恨生，荷葉枯時秋恨成；深知身在情長在，悵望江頭江水聲。」只消讀一回，便馬上能感受字裏的沉重。荷葉的榮枯節序在春秋之間完成，生死皆與憾恨相隨，因為涯涘早限。詩人感物興情，深切體認身在情長在的憂傷，懷着無限悵惘，凝望江頭，低聽江水嗚咽聲。愁緒萬千。但我們不要以為詩人奢望生也無涯，也不好嘲他軟弱幼稚。人生正因有限才能建立意義，相信他不會不明白，所以詩作並非表現生之渴望，而在價值的追求。曲江象徵唐代士人進士夢成真之地，高中之後因天子之名到此宴遊，更是意氣風發的好時光，故士人踏足此地，生命的存在感特別強烈。功名未就如李詩人，獨遊曲江，暮秋的枯荷深深觸動他的心靈深處，是怕光陰如逝水，未能榮枯得時。這就是不說愁聽江水聲而用「望一聲」的奇特組合之故；這「望」字有點睛作用，振起全詩精神。

順帶一提，當今研究李商隱詩的專家劉學鍇教授指出這詩第三句是「驚心動魄至情語」。有身即有情，有情即有恨，眾生不免。

〈宿駱氏亭寄懷崔雍崔袞〉是早期的懷人詩：「竹塢無塵水檻清，相思迢遞隔重城；秋陰不散霜飛晚，留得枯荷聽雨聲。」懷念的是他的遠親老表。但按說他和表兄弟相處時間不長，其後也未見往還，所以抒發的當是身世之感居多。這樣我們便得細讀耐人尋味的末句了。秋荷已枯，難堪者一；雨打枯荷，難堪者二。則聽雨聲的，是詩人。如果說四圍清寂，獨留枯荷聽雨聲。則聽雨聲的，是枯荷。雨聲是實寫還是虛寫？總之是夜來無眠，心緒複雜，想起故人，是想起自己曾短暫受表親賞識的際遇，於是把生命的幻滅感寄託在秋恨已成的枯荷身上。那雨，是詩人的寂寞心上雨。枯荷是一盞熄滅的燈，有待春神點燃。

紀昀很欣賞這首詩，以為極有餘味，即是肯定它的言外之意。

深秋敗荷

退休的最大樂事是旅遊，假期自主。那年十一月，走到日本的岡山和四國一帶，竟被滿目敗荷吸引住，算是一個秋天的獨特體驗了，或者說，是意外收穫。大驚小怪，因為從未在秋天旅行，也就未能與文字以外的敗荷照面了。

不過是衰敗的荷池罷了，為什麼值得書寫一筆？講到荷花，恒常人們入目和欣賞讚歎的，無論實景或圖畫，都是美麗的夏日荷池。如楊萬里說的六月西湖：「接天蓮葉無窮碧，映日荷花別樣紅。」教人心醉的，是一片耀眼的紅紅綠綠。翠減紅衰只會愁煞人，一眼都嫌多，按說實無足觀之處，對年青的遊人尤甚，勃發的活躍生命怎會被敗荷吸引？

秋天，人們都追逐着扶桑的紅葉。漫山遍野以至公園或路旁的繽紛紅葉，的確亮麗壯觀，但秋漸深濃，怎少得金黃的銀杏？古老的銀杏在西風中有一股霸氣，像守在山野園林的雄獅，讓斑斕秋色添一份力之美。遊走在幾個城閣園池間，數過特大的菊球，遇過拒霜的芙蓉，終於發現，挺拔的敗荷才是這季節最有個性的代言人。

火車過處，田野之間，極目盡是片片凋後荷塘，初時不太在意，只聯想到每天早餐都吃到的滋味的蓮藕，這該是季節性的時蔬了。然後，行腳所及，又發現每一道自城中挑出的風景，也總藏着一片敗荷，漸漸覺得，其中實有一番衰颯的韻味，特別是栗林公園那廣袤的「芙蓉沼」，最是可觀。密密的身高幾可及人的芰荷已然黃褐，但仍挺拔屹立，氣勢非凡。纖弱的莖枝紛紛撐着垂頭喪氣的乾癟了的寬邊荷葉，如一群戴着斗笠的敗兵，猶自兀傲低頭默默站在那裏，等待命運的支配；一盞盞君臨其上的黑蓮蓬，苦着臉兒，插在散亂的行陣之間，是壞了的路燈。如此情景，只能向李商隱借一句「一夜將愁向敗荷」。敗荷之敗，果如其名。

但世間的成敗興衰，必有其相對性。就在敗荷腳下，水波流動之處，一群群肥美的錦鯉來回攢動，生機勃勃。而此際環顧池邊，發現駐足的，多是中老之輩。大概衰敗之美，要經歷生命的充盈與空靈後，才肯正視。

二

好好吃飯

桑之沃若

偶然在報章看到教人養生的桑葉茶，想起近年常聞桑葉防癌的民間食療秘方，以至超市常見的桑葉湯包或桑葉麵等，看來桑葉的食療價值倒不小。與退下職場火線的朋友相見，談的往往是養生與食療，近期又受了一點相關的教育。據說桑樹頗耐乾旱，沙漠地帶也可種植，因為根長可達數米，會自向水源伸展，所以可藉它抓緊沙土，是環保植物。近年有扶貧機構讓貧困者投身桑農行列，利用桑樹的快速生長及全面功能，賴以脱貧，效果理想云云。

我想這其實是一種復古的作為，幾千年前我們的祖先已開始種桑，對桑樹的民生價值應很早便有認識，它也早已成為中國悠遠文化的因子之一。人人都懂得而且深切體認滄海桑田；遠古傳說，伊尹母親化身成空桑；《詩經》中，桑之沃若是比喻女子好年華；春秋時代，晉景公得厲鬼索命的噩夢，召來解夢的是個桑田巫；漢樂府裏，有個不屈於權勢的美麗採桑女羅敷；陶淵明歸去的，是雞鳴桑樹顛的墟里；輕薄的秋胡子，竟在桑園調戲自己陌生的妻子。帶着深沉歷史感的桑樹，象徵生命、變幻、美麗、活力和民間。

桑樹從來都是民間的東西。我們小時總養過蠶蟲？用自製的紙盒，買來桑葉，放入軟糯小白蟲，盯着牠們焦慮地日以繼夜地沙沙吃着，像趕一場生命的盛筵，然後，吐出奇妙的青絲，又悲涼地深深自埋在高貴的小墓廬中，如一粒風乾的木乃伊。童年養蠶，是為了應付功課，可直至長大了，我們都不會發問，到底桑葉有哪些維他命，可讓蠶兒魔術般把它幻化成縷縷絲線，造就古來偉大的繅絲產業？

原來桑樹全身是寶。桑葉除了養蠶，更不乏藥療價值，朋友說桑芽如今已是名茶名菜了，於是我就想起桑葚，這紫黑小醬果。初夏，校園後門小幽徑的盡頭，或附近住宅區路旁的轉角處，若見地上一團團的污黑爛泥，便是它們的亂葬崗。肯抬頭和纍纍桑葚相認的，會聽見這旅居城市的一株寂寞桑樹，在炎夏的幕幔升起時，振奮地長吟：桑之未落，其葉沃若。

菱角

和朋友飯聚，菜單上赫見菱角菜遠，歡喜不迭，同枱共飯的兩位青壯卻都不知菱角為何物。才發現，有些食物在歲月中早淡出了，而我們毫不察覺。

小小一隻菱角，做了代溝的代言人。他們問，菱角怎生模樣？我想了一下，說：似牛魔王的兩隻角！

其實任我演繹。因為吃時只見菱肉，外殼早除了，他們見不到真正的菱角。秋天未到，不知吃到的是否新鮮菱角，也不知世界進步，如今是否會有冰凍菱角這回事，總之像扁扁白元寶的果實吃來即使沒什麼味道，還是覺得很有感情的，挑起的是舊時中秋節晚上祖母拜月光那滿桌豐盛祭品的遙遠記憶。

說真的，菱角於我，不曾留下任何食味記憶，可能它本便吃來不那麼「出位」，和其他中秋佳品相比，月餅甜膩、芋頭粉糯、柚子清新；又其他如香蕉蘋果梨子都是易處理的水果，菱角外形雖好玩，吃來總嫌麻煩，所以不是小孩心頭好。鑲嵌在節日裏的菱角，還見於童謠〈月光光〉裏的「牛皮薄，買菱角；菱角尖，買馬鞭」；由「摘檳榔」到「浸死兩個番鬼仔」的順口溜，如今回顧，十分有趣，不太明白檳榔、子薑、蒲達（苦瓜）、豬肚、牛皮、菱角、馬鞭、屋樑、刀子、籮蓋和船之間的結構關係，只由浸死番鬼仔的終極願望，相信是表現曾被番鬼欺負的民間心理，然後倒過來考察，會發現那些澀、苦、辣、脹、硬、尖、長、高、銳利等都是本質和力量的語言暗示，藉溫柔的兒歌所抒發的民族怨憤不言而喻。尖尖的小菱角曾是深藏一代國民教育的傳承符契。

水生的菱角，平日絕難見到，據說只中秋前後會出現在一些規模較大的市場中，故後生輩不知其為何物。網上資料則揭示它周身是寶，不可小覷。至於文學上的菱角，亦有深度。李商隱最直露的一首〈無題〉，中間兩聯是：「神女生涯原是夢，小姑居處本無郎。風波不信菱枝弱，月露誰教桂葉香。」詩人擬神女與小姑之情，寫夢幻無託，虛空飄零，風波明知菱枝弱而故意摧殘，是悲劇命運，但菱枝雖弱卻會長出堅實的菱角，和桂葉即使沒有月露，本身也香氣充聞一樣，這兩個意象都表現了詩人在失意中的自覺與自負。

小月的姓

老遠年代，去過兩次台南。年輕時，從不以食為天，故未聞其後的名店「度小月」。幾年前在台北，吃過兩回，嫌太油膩，印象一般。後來此地偶然會有這名字的產品在展銷，一般也視而不見。忽然有一天，看着，神經質地思緒飄過，這名字幽幽的，會是一個叫度小月的美麗女子？讀來似古典小說中的煙花或幽魂。

那天走過它在商場的新店，見格調清雅，就坐下了。桌上枱墊寫着店家歷史，原來是百年前漁家在海面不太平的一些日子，即「小月」，為解決暫時生計，於是沿街挑擔賣麵去，漸漸就賣出個名堂，成為今天海內外的招牌食店了。不外由艱苦打造出頭天的勵志故事。幾代人的認真和努力，終於把副業掙得聲價不凡。

招牌本義，是為度過短暫困境而自強。可不知怎的飄入神思的美人仍依依未去。天下無數中國人皆以「月」字為名，硬是姓度叫小月的才引人遐想，倒是一時莫名其妙的偽文青上身。也是幾分好奇。可真有姓度的？果然是古代以職官為氏的宗族，如司徒、司馬、巫、卜等，子孫不用翻查族譜也知道祖宗的專業。度姓的祖先，官職是負責度量衡審查或賦稅及會計等，按朝代而有差異，大抵是屬「度而支之」的財政衙門。古有度支氏，後簡化為只以「度」和「支」為姓。但「度支」則「度」音是入聲的「踱」，度小月若讀為踱小月便不妙。幸好簡化後讀為姓「度」。至於有說由「度」改成的另一「庹」姓，則音「托」。

姓與名的配合，可以是一種學問。多數人，都由父母或祖輩命名，表達了家長對新生命的期望。不同時代又有不同的集體期望，以前上課，學年伊始的新鮮感，來自一群新生的名字，你會看到那年頭家長對生命價值的集體情結。

名廚與紅鹽罐

電視上可觀的名廚節目不多，美國的波登（Anthony Michael Bourdain）忽地自人間消失，教人嘆息。我喜歡他摻着滄桑的善良。沒有波登，幸好還有BBC的力克斯坦（Rick Stein），漸漸欣賞他的自然平實，像個愛流連市集的老頭兒，不以食神自詡，甚有人味。又肯認「老餅」，不時自嘲，見到新派北歐分子料理，竟說我這年紀不能做這樣複雜的菜式了。無論去到哪裏，見到同代名廚最興奮。老人的對話甚坦率有趣：我不認為需要搞那麼多的花款，又看不到實質的食物，都是空空的呢！想想我們年青時，煮三種魚要做三種醬汁，也真夠無謂，吃東西不是要吃原味嗎？對住一盤沒有裝盤的大大塊的魚，他說，我就喜歡這個。又毫不掩飾當年的事業野心：我們那時也恨不得前輩快些讓位給我們啊！

大抵世界就是這樣更替着，要老了，看後才懂會心微笑。

他在自家的小廚房煮食，不拘細節，從不清楚交代調味品的份量，但效果看去良好。

最近的墨西哥之旅，他示範弄個黑豆蓉加番茄沙甸魚玉米餅，打開一罐沙甸魚時，懷念的竟是一把罐頭刀！今天的罐頭，很多都有個易拉蓋，一扯即開。這神來一筆讓人馬上跌入關於罐頭的懷舊思緒去。我們家裏的罐頭刀，的確早便丟得遠遠了。他倒出沙甸，又歌頌起小魚來，說沙甸是對人類貢獻最大的魚類之一，質疑人們常講究沙甸罐頭的產地，多此一舉云云。像個街市阿伯。胸中總有些牢騷。

他示範廚藝時，鏡頭常有意近距離對準那可愛的紅鹽罐。大大圓圓的罐口張開在前側，罐身胖胖彎彎如低頭的煙囪；在罐口蒙一片小白布，描上小姑娘的臉，鹽罐便會是個小美人的半身坐像。名廚常一手捧住小紅罐，伸手入內，抓一撮鹽，高高撒下，在空中，令人想起謝太傅雪中的家庭聚會。

大渡口與巨流河

在台北的師母唐亦璋教授寫了一篇〈懷念大渡口〉，為紀念她的父親，重新肯定戰時他在上海煉鋼廠遷址重慶大渡口期間的貢獻，也就回憶起她戰時在大渡口的童年生活；雖說是流離苦難的日子，但她說，那是她一生最難忘的時光。文章寫好了，被隔岸重慶鋼鐵的文藝雜誌《鋼花》收錄，我們都覺得很有意思。

童年在大渡口，師母就和生於亂世的好些同代人一樣，連天炮火中，隨父母退到大後方，過着物質匱乏，但另類精彩的生活。她可以上學、參加運動會遊藝會、自製玩具、田野採摘、觀演戲劇，未識人間苦的童稚，在大渡口過着自由學習的日子。今天厭倦正規課堂的學生，聽去甚或心生羨慕呢。我最佩服師母超強的記憶力，她能清晰敍述一生經歷的人與事，大渡口所有老師同學的名字都記得，實非常人可及。

印象深刻的是她父親病重時，母親在重慶買了幾條褐色的東西，價錢好貴，「說是香蕉」，和父親分享，緬懷昔日美好歲月，津津有味。直到後來她自己逃到台灣，見到真正的香蕉，才知香蕉原來是黃色的！有趣的是她認識香蕉的過程，而父母分享褐色香蕉的時刻，想來是生死聚散，萬般淒涼。

那天戴璉璋老師也提起齊邦媛的《巨流河》，這是史詩般的大時代悲歌，作者父親齊世英是個了不起的將軍，當年帶着大批中學生撤退，路上舅父讓她的哥哥擠上車頭，父親發現，說：人人都走路，為什麼我的獨子可以坐車？命兒子下車和所有少年一起步行。

大渡口與巨流河，都是亂世中的江流故事，有溫馨的、有沉重的，可歌可泣的時代，造就意志堅毅的一代青少年。他們如今健在的，都垂垂老矣，對新世界年青人的處世作風，很不以為然。我想到的是，中國人常說歷史是一面鏡子，鑑往知來，可我們都知道，朝代曾不斷更替。那天在電影裏聽到這樣的金句：人民需要歷史，歷史給人力量。於是我又想到，歷史如果也能予人勇氣，那該多好，這樣便不會有年青人用「支那」來形容自己的國家！

花生

往台北，看老師，師母聞我來，買定台南熟花生，待我來分享。

從來不知水煮的花生會這樣好吃，很難形容它的好吃，剝開外殼，小豆軟軟糯糯的，別有一種滋味。老師說台南的花生最好，每年秋天的盡頭就上場，是當季的美果。

不知多少年沒吃花生了，受到過期花生會帶黃麴毒素的驚嚇，早敬而遠之，連花生油都不敢買；事實真有朋友的相識，因常吃最愛的花生而患上肝癌去世，所以，阿Q地割愛算了。這是今天社會食物安全的創傷後遺症，其實可悲。

可花生真是我們昔日零食的良伴，既便宜，又好消磨閒暇。只需一點零錢，便可買來一大包，用一方舊報紙摺成三角形袋子載着的那種，打開紙袋，攤開成原來的一方舊報紙，正好用來盛住花生殼，吃完又包好拿去丟掉，回想，這真是美好的環保方式；可當然那時不叫環保，也不算真的環保，真正的環保，會再利用花生殼來做園藝的肥料。

花生的性格，除了平民化，還有合群力。因為便宜，又營養豐富，可做尋常百姓的長生果。親朋相聚，一邊剝花生，一邊閒話，日辰好消磨，小小的豆子有一種人間的凝聚力，許地山早便講過。

今日超市不乏包裝華美的花生，可以前品種更多。大半生茹素的姑婆幾乎每天都要吃一點花生，南乳的、甘草的、鹹乾的、鹹脆的，總有不同，樸實無華，卻滋味幾番。當然小時我們最愛的是蝦子花生和魚皮花生，那只為我們而買。小城十月初五街的「趣香」是賣花生的名店，門前幾個大玻璃箱裏的各類花生，是小孩的零食百寶箱。但止於此而已，一旦花生入饌，什麼花生雞腳或花生豬腳等菜式，都不是年輕人的心頭好，只屬長輩的口味，大概與雞腳豬腳這些複雜的食材有關。

許地山的名篇〈落花生〉人人讀過，今天看來卻不盡合時宜了，以深藏地裏的花生，寓意做人不必着重表面風光，挖出來有用才好。今天社會，你若只管收藏，不宣示自己的存在，除非有好際遇，否則做人便吃力多了。世界不同了。

那幾天在台北街頭，果然處處見到賣熟花生的攤檔，還有壯碩的菱角，堆成小山般，好不誘人。徘徊小攤旁，意志終薄弱，否則必抱一大包回家來。

回頭不是岸

到街市買番薯。如今這地糧品種繁多，眼花繚亂。數一數，竟然有十種之多。問賣菜的年青女子，可否提供意見？她笑說，本地的一斤十二塊，韓國來的廿七塊。然後向我眨眨眼睛：買本地的好了，韓國來的真個好吃，但吃過便回不了頭！

這是另類推銷術。向你介紹好吃的東西呢，會讓你走上美好的人生不歸路，可見非同小可。

例如吃罷鮑參翅肚便不再吃番薯？當然不足信。那些腰纏萬貫的富豪，吃到後來，不都講究清淡嗎？青菜魚肉可延年，便不敢蝦蟹膏腴了。否則番薯何以越發矜貴？但世上倒是真有回不了頭的事，誤入歧途和權欲腐化是常見事例。

吃過更好的番薯絕對回得了頭，有些東西吃了可真回頭不是岸，例如吸毒。即使人明白失足千古恨的道理，可一樣有人義無反顧地深陷毒海。我光顧了近廿年的小區髮型屋，店裏安靜可喜，老闆是虔誠基督徒，看去像過氣「飛仔」的他，滿有愛心，常接納新生人士做洗頭或打雜的工作。他說他們的故事匪夷所思，多荒謬的都有。眼前一個大胖子，十七歲開始吸毒，即使戒毒成功了，但毒品破壞了神經系統，智商只能停留在十七歲的階段。永遠的十七歲。進階學習對他毫無意義。他知道自己的問題嗎？老闆說，他知道啊！最悲哀的，就在這一點。我說。

毒品使人回不了頭，權力亦一樣。見過好些藉藉之輩，一旦手中有了點權柄，便腐爛得可以。讀了點書的更甚。中年爬上高職的更甚。有黜陟之權而終與人為善的，多年所見，屈指可數。人們處心積慮爭到權力，取得權力後，就訂立制度，鞏固自己的權力，公為私用，振振有詞。權力像回力球，越拍越回勁。能逃過權勢考驗這一關的，要有高尚情志或成功的宗教洗禮，否則即使最明白道理的高級知識分子也不能免。學問與道德可以是兩回事。

很喜歡一個故事，某德國攝影師每年為總理默克爾拍一次照。每年都問她同一問題，是想看權力如何遷移一個政客。實在很有興趣知道那是什麼問題。

藕絲

日前和友人在酒樓吃到懷舊點心冰糖桂花釀蓮藕，慨嘆不嘗此味久矣。雖是做得勉強中規矩，也覺難得。特別是，竟能咬出幾線藕絲。素日她一直質疑，怎麼年來吃到的蓮藕都似沒了藕絲？認為無絲的蓮藕便不是真正的蓮藕，硬是不對勁云云。

對食物的執着去到幾縷藕絲之上，令人費解，不過我自己也有類近的挑剔，對無泥的蓮藕心存偏見。無泥之藕如無泥的薑，看去雖清爽乾淨，但想起食安專家的忠告，總隱隱覺得不妥，寧可自己費一番廚房工夫。

於是有了學習的動機，便知道藕絲從未消失。蓮藕因為內有細胞螺旋狀導管，故有絲。七孔和九孔的蓮藕質性不同，七孔粉而九孔脆，粉藕較重，而脆藕較輕，又說粉藕橫切則多絲，脆藕斜切便少絲，絲的多少和切口有關。至於其他精微的藕科學問，便無從再深究了。

從未聽過有人不愛吃蓮藕的，這是最日常和最平民化的食物。雖說秋天宜吃藕，實則四季可食，都買得到。粗細的吃法多不勝數：藕餅最含蓄，藕粉最幼滑，糖蓮藕最清甜香糯，綠豆、糯米或桂花都可入藕孔成佳「釀」，蓮藕炆豬手簡直不得了，吃了可以大補一回。總之荷塘都是寶，蓮藕是最有份量的至寶。去年深秋在日本四國，滿目敗荷，酒店早餐每天都有熱飯和炒碎藕，滋味幾番。不是日本的蓮藕特別新鮮，是見的和吃的一旦無縫連線，令人吃得更投入。今時今日，城市人都在吃防腐劑塑化劑化學劑，不是嗎？

有舊生做報章美食版的記者，上周搜得的城中佳餚是一味「濃香藕肉卷」，薄薄豬腩片裹住藕條，看去色香俱絕，眼前一亮。忽地想到，吃時會好複雜？滿口甘腴之肉，然後藕斷而絲連，理還亂；於是覺得，進食和做人一樣，有時是，決絕好。

用心煎蛋

每年中秋時節，便見有餅店以「用心做人，用心做餅」作宣傳口號。放諸天下事物，此語皆合準繩，而我想說的是：用心煎蛋。

寫作動機單純，是因為常去吃早餐的一家咖啡店，雞蛋炒得嫩滑可口，可換了煎蛋便糟透了。一隻所謂太陽蛋，像一片僵硬小飛碟；中間的蛋黃固然熟得過度，硬得可以，外圍的蛋白變成一圈佈滿棕色鐵絲的油網，周邊全往上翹起，鑲着焦黑的裙邊。這樣的煎蛋，挑不起顧客一日之計的好心情。

何解炒蛋可觀而煎蛋糟透？好奇追問，答案是大盤炒蛋一早便集體做好，而煎蛋要逐隻臨場做，人手不足，因此常失準。

事情壞在，方圓小區內，一般的早餐煎蛋即使不致經常失準如此，也往往不是用心煎出來的好蛋。正是難得好煎蛋。

這才想到關於手工蛋的小道理。煎蛋異於其他煮法，分別在於集體與個體；炒蛋或水煮蛋，可以一次過集體煮好和保存半天，而煎蛋，要逐一照顧。於是想起昔日家常飯桌上最講工夫的荷包蛋，是母親逐一用心煎好，拿捏到剛好的生熟度，然後摺疊成熱騰騰的小荷包，讓我們溫暖地飽餐。大抵人人都嘗過煎蛋中的母愛。即是煎蛋也有一部育兒經。

因着常常的失落，又想到附在一隻煎蛋上的細緻與耐心，其實是社區以至城市的人文風景之一。煎蛋無疑是一種藝術。帶着剔透與明亮的美麗煎蛋，蛋黃是蛋黃，蛋白是蛋白，咬一口，軟綿不流，如晨曦的太陽，吃着，暖在心間，一日的好心情由此開展。可如今我們這本來號稱中西文明薈萃的現代大都會，連煎蛋的耐心都欠奉了，早餐桌上急躁的煎蛋，粗糙、僵硬、焦黑、變形，醜陋而味遜，明明只是吃了會內傷的令人生氣的油蛋。

為什麼要用心煎蛋？道理一字咁淺：一隻蛋你不好好去煎，它便變成壞蛋。教子亦如是，不是嗎？

人雞之間

小區的商場新開了一家吃雞的專門店，門前常一條人龍，可每次經過，牆上的燒雞、咖喱雞或海南雞飯的特大廣告照片，絲毫挑不起食慾，想來都是調味品的製作罷了。於是有個近乎無聊的想法，生長在冰鮮雞年代的年輕人，嘗過雞肉真味的大抵不多，甚至有些身嬌肉貴的小孩，連活雞都未見過，更莫論人與雞的關係了。

多年前去美國，朋友說小孩要見活雞，必須到動物園參觀；那時覺得匪夷所思，沒想到今天我們也差不多走到這地步了。老輩人如我們，可是自小便慣見劏雞場面的，母輩們都舉重若輕地把一隻雞由走地禽畜變成桌上佳餚，流程清晰，那是舊時主婦的「必殺技」，像考牌。聽說母親初嫁時不懂殺生，蒸好的一隻雞，全身瘀黑，一看便知新媳婦廚藝有限。而今天，我家菲籍家務助理矢口不承認，一隻雞能蒸得好，與雞肺的去除有關。最後才發現，她是愛惜她的美甲，不願徹底剔出粘附着雞胸深處的肺臟。愛美果然是她的日常。

昔日課上常打趣問學生，誰會斬雞？活學庖丁解牛，便懂解雞，道理一樣。讀書做事也同理。解開骨節，雞翅雞腿自然美好分離，省了斬切的工夫。年青人只管嘻笑，說「斬料」即是已斬好的料，況且手撕雞不是更合飲食潮流嗎？

姑母在老人院住了多年，離世前有一天曾表示想吃雞髀，可那時她衰弱得無法吞嚥肉食，從現實角度看問題，我只安慰她下次再來澳門，會給她買一隻雞髀。結果後來買到的雞髀，只能放在觀音堂她的靈龕前。為什麼那天不馬上張羅一隻雞髀放到老人跟前讓她心意得到滿足？吃不到只是現實的問題，得到，是心靈滿足的問題。無法品嘗一隻雞髀，成為姑母垂暮飲食的憾事，也是我讓她期待落空的遺憾。舊時婦女，誰能獨享一隻雞髀？我是看到雞店外眾多的年青顧客才想到這人間苦樂變遷。

罐頭沙甸

罐頭中如今只愛一種沙甸魚，且只吃一個葡國老人牌，紅罐的。

罐頭佔飯桌上一席位，歷史沒有像鐵軌一樣長，大概已到中學階段了。昔日家裏吃飯人多，有時開一罐大號的地捫沙甸，算是加餸。糊糊的茄汁，酸甜中帶點腥味，三四條肥美的沙甸，厚厚的魚肉，倒出來，攤成一大碟，魚骨鬆軟，入口即化，是我們的飯餐恩物。打風唯一的快樂是可以吃罐頭。當然還有豆豉鯪魚、回鍋肉、五香肉丁和午餐肉，但都不及地捫沙甸「正氣」，容易得到家長首肯。於是幾個笨拙少年集體進行開罐頭的儀式，一人用那像個扁平獨臂叉的老式罐頭刀，先在罐面刺穿一個小洞，然後如推動單扇的剪刀，吃力地沿罐邊剪去，刀過處鐵蓋留下參差的齒印，一不小心便會釀成家居小意外。其他人，在旁眈視着工程的進展，確保開罐順利，然後心安理得等開飯。

中學以前，唯一關於罐頭的記憶，是做攝影師的四伯父率領家中十數小孩，浩蕩地往螺絲山郊遊去。走了老半天，到了目的地，齊齊站在石欄旁，開一罐沙甸魚，每人分一點碎碎的魚肉和糊糊的茄汁，夾着磅包（是的，那時不叫方包），滋味地吃完，便踏上歸途回家去。

這也是我關於螺絲山的唯一的記憶。此後，至今從未再踏足那小時看去高大的迂迴的「山」，也完全忘了它的所在。是因為沙甸罐頭，讓我想起老屋那一群蒙昧的小孩，曾有過集體旅行的快樂童年；還有那孭着笨重的古老相機為一群小鴨子做領隊的四伯父，也因這樣的一個偶然，無端飄入淤塞了的記憶長河的深深處。

即使今天食安問題已嚴重到窒礙我們食慾的地步，新鮮食物仍是生活首選，老了尤其不願吃罐頭，總隱隱有克難感覺。老同學的母親年青時經歷戰亂與流離，即使下半生太平盛世，移民他國，卻永遠在廚櫃堆積驚人數量的罐頭；倉廩實，心裏才踏實。一家每年大掃除，主題是丟棄大量過期的罐頭。可見小小的罐頭，可以埋藏着無法抑止的飢餓恐慌後遺症。而尋常百姓，每家總會或多或少存些罐頭以備不時之需的。在營養師未作興勸喻世人提防罐頭高鈉高脂之前，我們已把家裏為防打風作儲備的罐頭清一色改為葡國老人牌紅罐沙甸魚。幾時開始認定老人牌沙甸？其實無意為它做宣傳，只因父親在世時，老來喜歡這小東西，每次回澳都會帶幾罐過來。後來這邊的超市也有供應了，而吃來吃去，都覺得它有一種熟悉的濃濃的也許政治毫不正確的鄉愁。

為什麼只喜歡紅罐的?因為舊時只有這一種，黃的綠的橙的粉紅的都是後來才出現的，口味硬是不對勁。

壽司

疫中不聚眾，即是不宜聚餐，所以如今甚少在外頭找吃的，偶然吃了，也覺得好像一切今不如昔，可能經營環境困難了，或人們心情不一樣了；疫情波動，隨時影響食店存亡，誰敢籌謀遠略？那天與友人吃着味如嚼蠟的壽司，就無限緬懷在日本魚市場吃壽司的那些美好早上了。但千山飛渡的日子仍然停擺，在疫情暫時回落而物價悄悄飛漲的時刻，我們除了保持戒慎的生活態度，難道還挑剔壽司不似壽司麼？

我不是日本壽司的擁躉，所以人在此地，永遠不會走進一家迴轉壽司專門店，總覺越洋的壽司調子有點不一樣。這當然是吃的偏見。我喜歡在日本市場狹窄的小店前，坐在木櫈上，看着店家手握新鮮的壽司，通常附送一個熱情的微笑，溫暖你一日愉快的旅程。什麼季節配什麼魚不重要，因為不懂；只要道地和好吃，簡單直接，味道清鮮。要説真正喜歡的，其實是京都伏見稻荷神社附近的豆皮壽司，據説是專為祭祀製作的。神社俗氣，壽司也絕不精緻。喜歡豆皮包着的壽司，是因為喜歡台灣的豆皮，只是平凡食製，卻盛載了一些舊日的回憶。大學宿舍伙食簡陋，有鹵炸豆皮的日子，最吃得開懷。人生就是這樣，一切總有個來處與去處。那年在沖繩遊走時，一日在路旁見小店，專賣豆皮壽司，明明剛吃過午飯，也不管友人異議，馬上走入，啖它兩個才罷休。在那霸玩過什麼了？好像就只記得那兩塊美味的豆皮壽司。

壽司也是專業的載體。看過紀錄片，日本的壽司名廚小野二郎曾是米芝蓮三星大廚，他的兒子說：我們的技術並非有什麼不傳之秘，只是每天不斷重複的努力。他說作為名廚，其父律己甚嚴，且懷抱熱情，從不自滿。不過是小小一塊飯糰罷了，也不容鬆懈，可見成功從來沒有捷徑。

味如嚼蠟的壽司，明顯缺乏的東西，叫做虔誠。

城市的淚珠

歷時三個月，香港第五波疫情終於緩和下來，限聚令放寬，可以出外飲食了。親朋見面，恍如隔世。這隔世可毫不誇張，一百多個日子，少出外走動的話，一旦重出江湖，連吃都換了新天。

窮則變。餐廳酒樓在疫境中求生存，在限制下出新招，使客人吃得安心，而街頭食店也在轉型外賣的同時，努力創新猷，使市民吃得方便，給沮喪的城市一點慰藉。雙餸飯忽然成風是個例子。五月尾，疫情即使鬆動下來，店前仍排着長長的人龍，生意滔滔。這樣的熟食經營方式，於我似曾相識，似大學時代我們窮學生最喜歡光顧的台北街頭的自助餐。所謂自助餐，是一種平民飯店，店面沒有任何裝潢，午晚飯時間，幾十盤家常菜式展列門內，燈光之下，色香味俱全，價格相宜，熱湯免費。那時物價低廉，大學飯堂伙食太差時，我們便到自助餐店加餸去，可能只要一隻荷包蛋，或加一片鹵炸腐皮，回來便是豐富的一頓。附近居民也常到自助餐店解決兩餐，所以生意一般都不錯。我發現，吃這種自助餐，是很個人的活動，人們入內進餐，都靜靜地自家吃完，把盤子交回便離開，不會有人聚餐或高談闊論，純粹是各吃各飯的場所。

大學校園周邊總有好幾家自助餐店，最著名的莫過於政大的「香香」。有好幾年到台北度假時，住在指南山下，見識那熱情又有童心的老闆，為免窮學生為吃得寒酸而難堪，收錢時會笑着故意唱出一個誇張的高價，把新來的學生嚇一跳。他是一代政大人的共同記憶。

香港的雙餸飯店只做外賣，沒有台灣街頭自助餐店的民間飲食文化特色，但可體現此地在疫中的應變力和創造力，其中揭示的民生困頓、經濟下流、掙扎求存和簡化生活等社會深層問題，都是無法逃避的。空寂長街，一條長長的雙餸飯店前的守住社交距離的人龍，暗淡燈光下，是一串城市的淚珠。

好好吃飯

看日本或韓國的電影，發現他們的生活中，常見母親叮囑子女的一句話是「好好吃飯」。無論是日常相處或離別在即，「好好吃飯」是一種掛在口邊的提示或祝福。這長輩的叮嚀，不大見於我們的城市。

好好吃飯的意思，我想也包括好好生活，不只簡單的吃飯而已。吃飯當然重要，那是營養和健康的泉源，活動能力的根本。好好吃飯，涵蓋了按時進食、選擇營養均衡的食材、飲食有節制等等，也聯繫到注意季節轉換及適當運動以助消化的養生意識，這是建立良好免疫力的重要條件；具備這些生理條件，精氣充盈，人便平安。

而我們行走在這緊張繁忙的城市中，工作佔據生活，連中午吃飯的時間，也無法放鬆下來；要出外搵食的話，還得在人群中穿插，然後擠在呎半見方的小桌前，草草吞下一份叫做食物的午飯，再匆匆折返工作崗位，繼續苦幹。起碼有二十年，我未見過我們的秘書小姐可以準時下班。相識都說，漸漸人們好像養成自虐癖，習慣了被迫或自願加班，朝九晚五是神話。又除非有家人照顧，否則晚飯也就盡速解決，例如吃個飯盒之類，爭取多一點睡眠時間。於是身體消化功能下降，腸胃病漸漸集結成了流行的都市病。我們所有的都市病因，都來自未能好好吃飯。

退休後和同輩的女性共聚，無論新舊相識，都會進入「吃」的話題，又會帶出昔日在母親提示下的相關食療經驗，或對季節食譜的認知深度等，彼此分享之間，發現她們在緬懷吃飯的快樂回憶中，語調溫柔，童真倏忽重寫臉上；我便確信，起碼在上一代的傳統家庭中，長輩雖無「好好吃飯」的耳提面命，但在她們的示範下，子女都能默默領會，終身受益。而今天社會，處處無飯家庭，只能好好叫外賣了。

那是一種經驗、一種愛、一種傳承、一種生活態度，一個民族就是在吃飯這回事上綿延下去的。

三

光影心影

寸心如剪

舊生說，這夏天，你選個戲曲節的劇目，我們一起觀劇去。好久沒看京劇，便選了《梅妃》。

城裏京派人士果然眾多，座無虛席之外，滿目是銀髮族，撐住拐杖顫巍巍的、甚或兩脇被揪住艱難舉步的老者，列隊成行，操着京腔，言笑晏晏，緩緩走到前廂去。這樣的場下風景，可稱故園情一往。

當然了，響起的是程派名作的鑼鼓呢，戲台上將相美人的故事，是無數風雅之輩當年家居餘閒中情思的寄託，也是更多的勞動人民作息之間安頓精神的後花園。更殘破的逝水華年，都帶些風月與聲色。記得有一年，在京城的復古舊戲台看京劇，台下資深戲迷不時拍案吆喝一個「好」，振奮飛揚，確是劇場亮麗好辰光。而眼前，也只有熟悉戲碼的人，才會準確交出適時的熱烈掌聲，譬如梅妃在梅亭獨自唱一段慢板：索坐幽亭，梅花伴影……

是煞食曲段。我只道文字真美，陶醉的果然有人呢。

京劇由徽劇而來，摻入秦腔與弋陽腔等，聽去總覺聲調較高，是利於高台曠野的民間演出，與深受古來士人追捧的「流麗悠遠，最足蕩人」的崑腔，有硬軟之別，我們這些門外漢，都是更喜歡崑劇的歌舞。湯顯祖那無數的隔代粉絲，要感謝的，該是魏良輔改革崑腔的努力？

古典戲劇中，梅妃的故事放在濃艷的《長生殿》旁，只能是一朵秋菊。《全明傳奇》中吳世美的《驚鴻記》有梅妃投庵情節，不知是否有見李楊故事太深入人心，便讓梅妃於劫後出庵與玄宗重逢，圓她一個好結局，也撫慰上皇失去楊妃後的寂寞，滿足劇場內不許人間見別離的觀眾期待。我以為《梅妃》會加入這些情節，甚或添些夾幕鳳鞋的絮閣故事，誰知原來是個倫理教化的教材套。幸好我也記住了「寸心如剪」這樣的好句。

看歌劇去

在倫敦看歌劇，是為了盡遊客的本分，在香港，我是從未看過西洋歌劇的，因為覺得是外行。

終於，這冬天，去看了《卡門》。一直都知道《卡門》是著名的歌劇，但腦海中鮮明的印象，只有廣告上卡門炫目的紅裳，從沒有買票入場的動機。

舊生夫婦去年邀我欣賞古典音樂，今年說，我們改去看歌劇吧。稱意的退休生活，莫過於此。這可愛的一對夫婦，都是素食者。有個美麗而單純的故事。做妻子的，少年時代已決志素食，而我的學生，一個善良的書生，因着愛情，也終身追隨。二人平日生活簡樸而志趣高尚，養狗、觀鳥、讀書、聽音樂；此外，值得欣賞的，當然還有我受惠的尊師重道。遇到這樣的學生，是要感恩的。感恩這只重視商業價值的社會裏，有一種屬於傳統的美好，仍如磐石，穩穩鎮住奸佞不時出沒的人間。

《卡門》也是個愛情故事，但卡門因背叛情人而身死，得到台下觀眾的嘆息，而不是同情。她明明是勾引了年青的軍士，甚至要他跟自己加入走私集團，過着流亡的日子，使他失去軍人身分的尊榮，傷透了垂死母親的心。轉頭卻又肆無忌憚地投向鬥牛勇士的懷抱，棄軍士如敝屣，看去水性楊花，犯世人謳歌忠貞之大忌，得不到衞道者的同情。但卡門明顯是個性格鮮明的吉卜賽女郎，一襲紅裳，任台上多繽紛熱鬧的歌舞與情節，無論站在哪個角落，她都是最吸睛的一個；戲劇成功突出她的舞台形象，毫不含糊，狂野、自覺、任性、嚮往自由而充滿活力。你不能說她壞，因為愛情是勉強不得的事，以她這樣的性格，情歸受英雄崇拜的鬥牛勇士，是自然不過的結果，而她最後寧死也不再跟隨軍士，也是氣性剛烈使然。所以她的死亡，只能博得一聲嘆息。

歌舞可觀，聽不懂法文，一點都不重要。環顧四圍觀眾，年齡層是老中青皆見，暗為自己的趣味狹窄慚愧。劇終，書生自語，嘆平日只聽卡門樂歌，不到劇場，始終是少了色彩。我欣賞他的藝術修養之餘，更希望多拉衫尾入場。

鄉愁的點染

《古巴花旦》的故事聽來好些日子，紀錄片則今年才見上映，前陣子試映，朋友看後大力推薦，說非常感動，一直催促我入場。終於看了，看時不忘尋覓它的「感動位」。

電影把兩個古巴花旦的生命放在古巴華人遷移史和古巴政治發展史上，由她們與粵劇的因緣為主題切入，兼涉時代、歷史、政治、革命、販賣人口、移民、鄉愁、藝術、娛樂、命運、血緣、異族婚姻和社會文化等眾多不同故事因子。要創作一個這樣的劇本，頭緒紛繁，會非常困難，但眼前故事不必費神籌謀，簡單而深透，一切都是真實的存在。

好的紀錄片，時空安排的交錯運轉不易，因為要說實話，而且，怎樣說？《古巴花旦》無疑是佳作。它讓觀眾自己找尋角度，安坐體味。在眾多複雜的作品因子中任選其一，都可以好好把故事從頭說一遍，即是說，影片具有藝術生命力。

何秋蘭和黃美玉兩位古巴花旦的個體生命，雖和上述所有作品因子絲縷牽連，但一生沒有大悲大喜，起碼不要以為在獨裁政治下人家不好活，她們倒是真個接受強人領袖的。動輒為別人的世界操作描述是枉作小人。她們作為古巴女子而成為粵劇表演者的獨特性，也似理所當然，不過是背後父親的身影使然罷了。電影沒有製造父親們望鄉的「苦大愁深」，由廣東沿海僑鄉遠涉重洋來到古巴的這些當年壯丁或後裔，無論出於什麼理由，終是平心靜氣，在異地安身立命，所謂鄉愁，似是旁人多想了。但沒有鄉愁，哪來粵劇藝術的熱衷？打發日子的聲色娛樂，來自血族的根脈，總是說得過去的。命運體認在何秋蘭身上最是明顯，她讓我們知道文化植根的可能，只需用愛來灌溉；養父給她的，何止一個可以活下去的生命。那一份帶着古典美的含蓄與淡然，分明就是中西文化的結晶。

我在她們來華的願望餐單上看到興奮點：白斬雞、鴨潤腸和鹹魚蒸肉餅；問所有出過洋的廣東人，誰在異鄉冬夜不魂牽這古早味？和粵劇粵曲一樣，這些都是她們父輩鄉愁的點染，不說自明。

黃泉的重逢

不喜歡看神怪魔幻戲，作為觀眾，明知魔幻，很難投入。最近看《鎌倉物語》，卻覺黃泉情節好玩之外，有點意思。

故事簡單，主題不外勸世。肯定人間鬼界俱有情。話說日本鎌倉一地，人鬼和諧相處，有商有量。亞紀子是個天真純良的少婦，正和是溫和敏感的小說家。二人的新婚生活頗多姿采，亞紀子因為善待貧窮神，得到救贖，戰勝天頭鬼。這是善報。正和在失去亞紀子之後，痛不欲生，獨闖黃泉搶救妻子，這是愛。當然，宿緣是在說命運了。

電影由頭到尾都人鬼混雜，古怪頻生，但絕不陰森恐怖。沒有壞人，也沒有衰鬼，只一個稱霸黃泉的天頭鬼最難纏，要惡鬥一番。最精彩的戲段是正和救妻的黃泉路。乘搭列車飛馳，沿途風景如畫，黃泉更壯麗可觀，各個山頭，層層疊疊依山而建的小木屋，門外掛着不同形態的白燈籠，清幽閒適，居民安分等候輪迴轉世，如世外佳境。故人到車站迎接久別的親眷，新鬼舊鬼欣喜重逢，又是一絕。正和讚歎：黃泉原來是這樣的！死神的回答很有深度：其實是按各人的想像而不同。於是人間化的畫面馬上產生了無邊際的不確定性。全靠窮神的飯碗法力，正和搶得嬌妻，飛返人間。可愛的死神歡呼高叫：他日來報到前，好好享受人生啊！

忽發奇想。可以讓沒有宗教期待的高齡長者免費入場看電影？

相比之下，古代中國，鄭莊公搭建的黃泉也是個可以重逢的舞台，彰顯的，則是孝道。莊公出生時母親因為幾乎難產而受驚，所以一直偏愛其弟，野心家的弟弟橫行無忌，莊公礙於母親，只敢咒他多行不義必自斃，後來終於驅逐了老弟，也遠離母親，誓言不及黃泉無相見，卻又心有戚戚。大臣穎考叔先以吃飯打包給媽媽感動莊公，再教他掘一條深見黃泉的隧道，母子在內相逢，便可維持面子了。母子終冰釋前嫌。可後人歌頌的，是考叔推己及人的大孝，而不是覺悟前非的莊公。史官更譏他兄弟不知所謂，用「鄭伯克段於鄢」的春秋大法，讓他在歷史上出醜幾千年。

與正念同行

一行禪師《與正念同行》(*Walk with Me*)的紀錄片，是把法國梅村的禪修生活及禪修營的活動片段向世人簡介，你絕不會期待劇情緊張刺激或多姿多采，耐心觀看，可欣賞到它的非純粹宗教的藝術用心，不在宣教，意在感染，誠懇真摯，即使不為參加禪修營做準備，也會覺得很有意思。

禪宗沒有教條，人間性濃厚。時刻觀照當下是正經。禪修讓人在不斷的放下與建立中更新自己，梅村每十五分鐘打鐘一次，便是讓人的現實意識回到當下來。逝者俱往矣，來者猶未至。鐘聲一響，所有活動無論談話煮食運動行禪通通短暫停頓，一天似要自我按捺意識飛躍好多回。如此是要安於現狀?有一段旁白值得深思，大意是，朋友都希望看到熟悉的自己，不知道我們每刻都在清空自己，不知道其實那是新的你。任誰聽了都感受良多。越交深的朋友越習慣形塑一個穩定的平面的自己，以為他所認識的自己才是真的自己，於是往往發生奇妙的價值碰撞。皆因世人不知生命不只如逝水，也是活水。所以人與人之間的距離值得珍視。

通過禪修，生命有蛻變、發展的無限可能，所以梅村中有人既是禪師也是神父。那個被人認出的神父，便是重生的案例，他眼前的快樂，不過是坐坐旋轉木馬罷了。腐水不流的生命，絕談不上存在的意義。如白雲小狗的故事，雖耳熟能詳，卻淺易通明。白雲如小狗，消失了，便化為雨水，化為水滴，再成為杯中的茶。茶便是天上的雲。生命如此變幻與流動。一行禪師說。他多數沉默，有趣的是他身後的年輕僧人不斷打呵欠，時而搔首難安。我便想起那天和從事天主教教區工作的舊生聊天，談到神職人士難以為繼的問題。他指出還是中年出家好，因為年青人出家，很多時只為厭棄現實世界，無法牧養信眾，也傳不到正念。可見禪與基督，果有共通。

音樂的藝術元素很具力量，鐘聲以外，小提琴中提琴結他以至動人的歌聲，讓入營的都漸漸靈心清空，在「苦海迷途去未因」的塵網中，或流淚或痛哭。

迷你耶穌

滿城風雨的周日後，星期一的早場，《耶穌真係落咗嚟》竟然全院滿座。上周上網看票房，還頗冷清的。灰沉沉的社會困局中，大家都已吃不消，大概來看看耶穌落咗嚟有何啟示，好生有活下去的力量。

如果這算是個拙劣的笑話，也只能到此為止。

電影初譯《小小小耶穌》，是日本年輕新進導演的得獎之作，創作目的是悼念早逝的故人。才二十一歲，能拍出這樣簡潔有餘味的電影，表現對人生和成長的感受和了解，怪不得受到名家青睞。

五年級的由來轉到一所基督教小學讀書。對教堂、聖經及崇拜一無所知，結識了同學和馬後，才跳出孤獨，過着快樂的學校生活。過程中，可能出於童真的想像，他祈禱時，眼前往往跳出個迷你版的小耶穌，小耶穌又似滿足了他的幾個願望，但最後和馬車禍傷重死亡，他希望耶穌挽回好友的生命，卻落空了。追悼會上他大力拍打小耶穌，表示失望和氣憤。

迷你耶穌的意象明顯不帶宗教意義，由來沒有因為小耶穌讓他實現了一些願望而信奉基督教，他只在有所求時才費勁祈禱。電影裏其他和許願相關的情節，如神社前抛出五円祈福及拜祭爺爺時，他都自然地懂得雙手合十，這是傳統教育中的由來，功利性不明顯；向耶穌許願則擺明有主題，這是他在新學校開發的精神世界，表現的是幽閉的童真。

許願之所以重要，是因為家人從不與他分享內心，只能自己尋出路。和馬逝世，父母甚至沒有疏導他的情緒：如何面對死亡？最後是他用手指戳穿窗紙窺看外頭世界，和逝去的關係疏離的祖父作連結。這樣的藝術結構是作品的生命關懷所在。

片長只七十六分鐘，未到一半，前排一個壯漢已開始鼾聲大作，聲震小影院，前特首口中的很容易發火的香港人竟然忍耐着讓他酣睡，看來耶穌真係落咗嚟，人間有愛。

不歸路

沉重的標題，是電影原著的書名。《不歸路》（*No Way Home: A Cuban Dancer's Story*），是一個舞者的故事，古巴著名舞蹈家Carlos Acosta的自傳。他是英國皇家芭蕾舞團史上首位黑人首席舞蹈員。自傳成為電影的素材後，港譯《飛躍芭蕾》（*Yuli*）。Yuli（尤利）是父親給他的稱號，意即非洲戰神的兒子，藉寄厚望。電影有他的親自演出。

電影的主題因子包括父愛、嚴師、鄉愁、努力與天賦。父愛是主脈。沒有父親的監督和栽培，尤利便沒有成功的可能。其次是嚴師，沒有嚴師的堅持，他沒可能名揚世界。至於鄉愁，寧可放棄大都會的繁華，都要回到貧窮落後、社會不公的祖國，是因為他的家在那裏。至於天賦需要努力去發揮，這是最一般的勵志主題了。

童年的尤利有舞蹈天賦，但頑劣好動，喜歡流連街巷，從小立志做足球員，偏偏被父親否定，指他是舞蹈員的材料，不惜代價，悉力栽培，又得到嚴師的肯定，處處維護，讓他有更多的機會闖出世界。電影用意識流，藉舞蹈穿插時空，突出尤利小時的不羈及成長中的不甘，是舞者真誠的內心表達。

逃學，被困在偏遠的寄宿學校，尤利拒絕，父親說：我們大多數人都被困住了，而你有自己的天命。天才不會被困得住。於我們，父親的說話卻具震撼力，曉示真實，不是嗎？

略有成績，他堅持回國聚天倫，不甘失去青春與自由，嚴父嚴師都鞭策叫他忘記古巴，衝上雲霄。幾番努力，知名世界後，他還是決定載譽返國，成立舞團，貢獻家鄉。

那麼他不是踏上歸路了嗎？無法歸去的，是即使踩在舊時土地上，生命的內質已然變換，踏進藝術家的殿堂，那裏，有一種叫做存在的痛苦，升起自每次舞蹈的創作，他甚至不知道要回到哪一個生命的起點。

實在呢，我們都知道，所有的生命都是一條不歸路，個體的或集體的，都難倖免。

日日是好日

字面簡單，人人易懂。收到這樣的祝福，看去是「被」祝福每天都能過着好日子，即是得心應手萬事如意了；祝願若成真，當然要感恩。

可這原是一種屬於個體的自我生命追求。祝福別人日日是好日，其實不是送上無盡好日，而是一種提示，希望對方明白、了悟過好日的道理，然後活出自家獨特的生命。

日本電影《日日是好日》用平淡的抒情手法，不重故事情節，透現一個女子學習茶道二十四年的點滴體悟，最後帶出日本禪家強調的美學境界。年青人看這電影會覺得好悶，沒有幾個能撐到完場，所以座上多見中老年觀眾，又以女性居多。散場時，女士們說的是：很美很自在！

電影中的茶道老師只用帶儀式感的動作指導學生，那種瑣細，旁人會覺厭煩。年輕學生追問其中道理，老師說，不要問為什麼，不須用理性思維，先學形式，再投入以心，只用感覺去習慣便可以了。即是專注足矣。每一回的專注，就是把意識放在當下。當下是唯一的、眼前的，由誠意正心而竟全功。人生不一定順遂，事業不一定成功，但人在此刻，生命充盈，有存在感。

學生笨手笨腳時，老師會淡然提示：負重為輕，負輕為重，取物之道。是意在生命的藝術了。年輕女子漸漸學會在茶室感受天地節氣。聽到雨聲，心懷平和；聽到水聲，熱水度度聲，冷水冬冬聲，才覺清寂在抱。不同節氣有不同的俯仰生息，最直接是通過「吃」來享受，點心精美絕倫，看着已受用。二十四年之後，她才了悟有些東西不著文字，有些東西要悠悠日久方可明白過來，例如「日日是好日」是一種生活的藝術。所以她說此刻才是學習的開始。

電影像一首歌頌美好生命感通的散文詩，明顯不是迎合商業世界市場的製作，還好朋友和學生都說去看了。

三面人生

巴納希（Jafar Panahi）的電影風格很接近阿巴斯（Abbas Kiarostami）。看過伊朗電影大師阿巴斯的《春風吹又生》（*And Life Goes on...*），便知道年來雖被禁制卻能技巧地拍出佳作的巴納希的《的士》（*Taxi*）和這套《三面人生》（*3 Faces*）走的都是相同路數，用最簡單的其實是道行極高的情節鋪排，以記錄結合創作的方式，呈現伊朗社會文化的深層面目，透視世界矛盾的存在範例。既有個別性，又不失普遍藝術意義。

故事骨幹簡單。少女自拍自殺短片向著名女星求援，因為極端保守的家鄉不容她投身熱愛的演藝事業，痛不欲生。女星以人命關天，和導演駛往貧瘠山區，探求真相。結果在迂迴的山路上兜轉，終於找到女孩，卻對沿途山村的愚昧傳統及保守風氣看傻了眼，最後把女孩帶出困境。

所謂三面人生，由情節看，是指三代熱愛演藝的女子的不同際遇。早期出道的最後只能隱身山村，被人鄙棄。其後晉身的女星閃着光芒，受社會尊重，仍受傳統批評她獨身。少女嚮往戲劇，卻連累家庭被社區唾罵。性別歧視是最顯眼的主題。婦女的存在如路旁受傷的種牛，價值只在宗族繁衍。種牛受傷，旁人建議人道了結。村人說，牠此刻的痛苦，你我都無權干預，牠的偉大任務是讓牧人配得優良牛種。所以少女只可嫁人，不可出城去讀書。

種族、語言、權力、網絡資訊等都是創作因子，劇終駛離山路的意象最有意思。村民寧可不斷修訂狹窄山路的交通規矩，也不肯擴闊路基，於是兩車狹路相逢，無法寸進，便只好一方停車將就等待。女星受不了，下車逕自向前大步走去，少女追上，兩代女性並肩同行，暗示伊朗電影及社會的新氣象，是作品的大語言。我卻更傾向一種普遍藝術意義的宣示：當進退維谷，只能邁開腳步，昂然走出山隘。

三面人生，何止伊朗社會與電影？

真相是鼻涕蟲

看《真實芳言》（*The Truth*），動機有二：一是法國著名女星Juliette Binoche不久前到過澳門出席國際影展，她主演的這電影是特別放映的作品；二是此乃是枝裕和導演的法國電影，日文原名為《真實》，想看看日本大導的功架。女星說他是不懂法文的。

故事由嘉芙連丹露演的影后母親的回憶錄着筆，女兒發現其中謊話連篇，母親自詡盡了天職全非事實，於是母女的新舊怨懟翻起生活暗湧，逐漸暴露影后壞母親的虛假形象和真實心境，劇終是母女終放下嫌隙，在晴朗的冬日再共同起步。

明朗的故事脈絡之間，有着豐富而複雜的枝節。它是說，真相的浮現從來絕不完整。真相不是一片深埋地底的西漢瓦當，「長樂」與「未央」重現人間後，可在博物館內再續永恆。真相往往是支離破碎的，被時間解體了，需要驗證和整合，而整合之後，卻可能被創造得體無完膚。因此一段穿插於電影中的科幻戲中戲「母親的記憶」有意思地帶出真實與幻境、母女之愛、歲月無情、模仿與存在感、專業精神、人情虛偽、同行如敵國、後浪推前浪、人生如戲等連串課題，所有課題再錯綜地投射在故事的現實人生中，交疊出重事業輕家庭的毒舌婦人一生如何努力綻放銀幕上的璀璨光芒，她的專斷、傲慢與公主病明顯是寵自己的自慰行為。成功過後，一手重塑前塵。回憶本來便不可靠，她說。一切真相只她自己知道，甚至不屑向女兒交代，女兒只能在片場重新認識母親。

經歷一個長夏與秋冬，對電影主題深有感觸。真實與虛假，忽然成了社會撕裂的論爭壁壘。人們總在事情的真假上糾纏未休。真相被電子科技扭曲和創造。它是流動的，像一種叫鼻涕蟲的變形玩具，形塑空間無窮，任人詮釋，變成幻境。真相是極端主義操控愚昧群眾的工具，自成身世自成灰。

偶然與想像

在柏林影展得獎的日本電影《偶然與想像》，是別開生面之作。編導是個高手，三個短篇故事把人生的偶然，與想像的奇妙鋪排得引人入勝，趣味除了來自曲折的情節，故事中大量的對話，起着穿透人們內心隱秘的作用，激活了不自覺中麻木的日常。

第一個故事〈魔法〉中的偶然，最是常見。兩個女子本是好友，閒談中一人偶然知道對方新交的男友竟是自己的舊愛，莫名其妙地衝動起來，去找男子對質和示愛，行動上似是希望重拾舊歡，但節奏急速的話語間更多的是「我不知道」，對峙的張力越大，二人過去的關係和眼下感情的反覆跳動越是撲朔迷離，故事的結局更並列兩種事態發展的可能，奇特地用間離手法讓觀眾自己去想像。

〈門常開〉是第二個故事，學生為報教授拒絕推薦之仇，偶然想出毒計，唆使已婚的女生色誘老師，讓他身敗名裂。女生色誘的方式脱離一般想像，她用的是「聲誘」之計。在辦公室內，把教授剛拿了個文學大獎的作品中描寫情慾的片段，用性感的聲音挑逗地逐句讀出，再細問他書寫時的情慾狀態。正襟危坐的教授給出最學術的答案：是文字帶領他創作，也是故事結構使然。色誘失敗，因為教授堅持門要開着。那扇門，讓我想起昔日，每有新來的年青男導師，我們總提示，凡有女生上門問功課，門要常開，確保大家都好。

我最喜歡第三個故事〈再一次〉。夏子返仙台參加二十年後的高中畢業同學會，偶然在行人電梯上錯認素不相識的綾為昔日知己，其後發現是一場誤會，但兩條不同的人生軌跡卻通過深度對話建構起共同關心的生活思考：怎樣定義幸福？怎樣看待自己？甚至通過即興的角色扮演來重溫舊夢，填補彼此心中一個隱秘的洞，使回憶不再在想像中變形。

三個故事中，考驗觀眾耐力的大量對話，有着人們生活裏麻木了的心結，和常常迷失的自己。

戲棚內外

朋友推薦《戲棚》，說這紀錄片是有心人之作，一定要欣賞。第三波疫情中拖拉了一段時日，發現它似乎在徇眾要求下，映期一再延伸，說明入場者眾；幸好在疑似第四波疫情殺到之前，終於趕及看了一回。

這類文化藝術課題的紀錄片，當然值得鼓勵。映後現場分享及網上所見，討論的人不少，善意的批評也多，對年青的創作人無疑是一種鼓舞的力量，讓他繼續探索在電影前途上的發展可能。現場所見，他是誠懇和謙虛的。

我只想抒發一點屬於直觀的印象。第一是聲音。除了配樂，終場只有由收音而來的零星對白，沒有旁白介紹鏡頭內的種種。希望觀眾認知的東西，只由簡潔字幕交代。這樣的靜默多了幾分詩意，讓觀眾在沒有導賞下遊觀戲棚世界。具間離作用的手段消失，觀眾可以完全投入，不受任何指引的干擾，壓縮人與影像的距離，得最大的欣賞自由與直覺感受。因此，對這樣的非劇情電影，觀眾只能默默地期待，等待鏡頭的移轉，看戲棚內外的有趣事物，像等着檢閱一份功課。那感覺，有趣。

其次是影像。戲棚內外的有趣事物的確不少。儘管創作態度表現拘謹，灰暗的空間又有點沉悶，我們還是在戲棚內看到一個「戲行」的大小元素；大老倌固然是靈魂人物，耀目登場，享受掌聲，但一台神功戲的背後，由戲棚搭好開始，衣箱打開，便魔術般跳出一個民間傳統文化的專業，像活動的博物館，相當可觀。戲棚外，絡繹的觀眾多是鄉親父老，手抱的小女孩瞪大眼睛看鬧哄哄的酬神盛會，不知她長大後這眼前的一切是否會在城市化中消失？我想起我也曾在小城康公廟前，跟着長輩進戲棚看當年名伶做大戲……

「風調雨順」的旗幟飄揚，創作人稱搭棚技工為裝置藝術家。在搭棚和拆棚之間，只廿來日的一個戲場，他們構建了些什麼有價值的東西？慶幸終於有人看到了。

隨意花

第四波疫情放緩後，看了好些電影，最喜歡的，是柏林影展得獎的伊朗戲：《惡與他們的距離》（*There Is No Evil*）。

電影由四個單元組成，圍繞着劊子手的主題説故事。名導演Mohammad Rasoulof的這作品因為被指批判伊朗執行死刑的制度問題，被禁出國領獎。入場的觀眾，大概都知道這宣傳附件的。但導演是否只想藉電影批判弊政？看罷又覺得作品表現的其實是最尋常的道理。

四個行刑者的故事，分別是〈這裏沒有惡魔〉、〈她説你一定做得到〉、〈生日〉和〈吻我〉。第一個主題也是電影總題。沒有人願意做劊子手，但有人服從，有人反抗，也各有前因和後果。第二個故事劇情最緊張，士兵誓死抗拒的驚險逃離過程，令人捏一把汗。第三個故事最出人意表，士兵為取得三天公假去替女友慶生及求婚而服從，結果發現他殺的竟是女友一家最尊敬的思想家，姻緣告吹。第四個故事最傷感，即使成功反抗，但付出的沉重代價，是只能半生隱居荒野，臨死想和女兒相認而不得。對比之下，第一個故事最平淡，也最震撼；疼愛妻女、孝順母親、義救小貓的住家男人，夜班工作竟是送人上刑台。由始至終的一臉憂悶替他交代了千言萬語。

即是說，無論是服從的，或反抗的，後果自負；惡法之下，生命都不由人。〈生日〉的士兵以為熬過兩年，護照和駕照便可到手，美滿人生在前，暫時的屈從只是代價，殊不知親手處決的高尚靈魂，是一滴國家的良知之血。我喜歡這單元，是因為那隱居山野的美女，把摘來的小花給情郎編花冠時，為花兒取了個「隨意花」（pointless flower）的名字。她說花兒因為能隨意生長，所以快樂，所以美麗。話中隱有所指。這藝術意象在電影中起着映照作用。我們沒能在所有劊子手臉上看到歡顏，皆因無人甘願作惡，一旦被派上結束別人生命的角色，自己的生命也從此不由自主。

無依之地的三個連結

疫情放緩，又可以看電影了，《浪跡天地》（*Nomadland*）帶着不斷得獎的光環，熱評如潮。可我入到影院，全場只來了六個觀眾。

這冷門影片明顯是叫好不叫座。好在哪裏？一時也說不上來，沉澱了好些天，才在電影的灰暗光影中，覺得看到了一些東西。

天地自然是最強大的信息。荒野、大漠、峽谷都是宏壯而浩瀚的，頭上的天空更廣大無垠，人在天地間，藐小得可以。遊民駕着自己的露營車，遠離塵俗，如野馬般到處奔馳，累了窮了就停下來，做一點散工，賺了生活所需又再上路，路上有聚有散，有生有死，人人自由自得。不受現實世界的金融、保險、房產等束縛，什麼是不枉此生？一個老婦說是在獨木舟上看見成群駝鹿近在眼前，看見小燕子孵出後蛋殼隨風飄下，這是她偉大的經歷。那一刻，她的生命和大自然有了連結。

不是奔向無依之地就表示遊民孤苦，卸除世俗的羈絆，他們都平和地活着。雖然曾經滄海，但心中有人。放逐自己，或因兒子自殺而傷痛出走，或因丈夫臨死囑咐早日退休享受自由，或因感愧自己不是個稱職的父親而出走，或因絕症日子無多要盡享餘生，女主角則因丈夫死後決定離開已成廢墟的小鎮。姐姐和朋友都希望和她一起生活，但她寧可浪跡天地間，帶着豐盛的親情和友情。由珍藏父親所送的一套秋葉紋彩的餐具，可知她一直銘記生命的足跡。銘記，是因為存在，父親說。這是人與人超越生死的連結。

她心中有詩。出發前遇見舊日的補習學生，女生能馬上背出她教過的詩。荒野遇年青遊民，她朗讀自己當年結婚誓詞中的莎翁詩作：一切美好的都難免凋零，或因偶然，或因自然變遷。詩是她安頓心靈之所，與天地永恆的內在連結。

把三個連結放在任何空間，都可以活現最真實的人生；電影雖以高調包裝，骨子裏其實很寫實。

四

檻外碎步

尋找京都（一）

退休後再到京都，還是寧可重遊舊地。

猶幸初夏時節，櫻樹早已綠蔭如蓋，楓葉待紅則須涼秋，遊人再多，也不致令人招架不住。即是說，我們仍可以在京都火車站自主前進。但在嵐山這風景區，要穿越一回墳地邊緣的竹林步道，便馬上陷入旅團的浩蕩隊伍中；竹林喧囂猶勝墟市，不知墓中幽靈怎生得黑？去嵐山，本來是想到廣隆寺看彌勒菩薩半跏思惟像，去時匆忙，一直想着無敵手機可隨時引路，結果是，網絡不如人意，且殺出人叢後，只想往無人處行，便直向大覺寺奔去，然後曲曲折折，就只好回到車站看水鳥橫飛了。

也好，留些好的在後頭。遊散，最不願勉強。隨着腳步就是了。何況在京都。

尋找京都，哲學之道最方便，下車後，遊人都往銀閣寺走去，我們悄悄往右拐入幽徑，便馬上和心中的京都接軌。小澗潺流，石徑清幽，坡上路旁一片的綠。幾個小男生坐在堤上，吃着弁當，邊羞澀細語。中年的老師，穿着西裝，蹲在幾步之遙的草地上，也捧着一個弁當，默默吃着。他的功架是有難度的，我們幾乎是放肆地多看了幾眼，奇怪他為什麼不乾脆坐在地上或石上？澗水清澈，水聲微咽，只偶然經過的三兩旅客，或路旁經營茶室的老闆出來澆花或活動，才有點人的氣息。否則只牆頭的大叢紅艷，或水邊不知名的閒花野草，一路與櫻群楓族對話：好歹留個美麗的長夏給我們？

哲學之道只是長長的清幽小徑，沒有地標，任你拍下多少繽紛，回來，不過是天涯芳草罷了。這次重遊京都，受到啟發，多了一點新鮮玩意：一路低頭欣賞地上的渠蓋！月前某個午夜，手機傳來舊生訊息，他正在日本旅行，興到便把途上眾多美麗的渠蓋畫成手繪本，加上說明，寄我欣賞。畫工雅致而真樸，且開我眼界，才知有些好東西是平常視而不見的。原來日本每個城市的渠蓋都有獨特風貌，把地標和景物都鑄在上面，很有意思。

所以說，學生是一道生命的橋樑，讓我們不致和天地脫節，要感謝他們的。

尋找京都（二）

唐招提寺和美秀博物館都是初夏重遊京都的舊地。來招提，是因為上次寺院翻修，沒能見到鑒真和尚的坐像，當然這次是終於見着了，但記住的卻是一園的苔影。計畫之外的收穫往往更令人欣喜。事實沒多少人會特意拐一個彎，搭近鐵來這著名的奈良寺院，它不是旅團的熱門遊覽勝地。那天只斷續三兩遊人到來，聽去不乏來尋鑒真足跡的同胞，斯文而安靜。來自揚州的瓊花早開過了，上次為爸爸帶走一盒瓊花香枝，這一次，是兼為父母帶回去的。纖纖的香枝不像這裏坊間的濃濁嗆鼻，芳馨繚繞，燃不盡我們對老人的縷縷思念。

走過矮牆，轉入後院，心靈之窗驀地被一園的青苔敲開。及時的陽光自樹叢灑下，地上厚厚滿滿的一張綠絨被便應聲歡呼；葉間罅隙被陽光強勢穿越，絨被上被篩出一片片發亮的小洞，如無數苔兒拍掌叫好！場上只欠配樂。一瞬之間，近來每周看甘神父的禪道説法，展卷如在目。沒有過去，沒有未來，只有當下。他說。

說來，上次到美秀博物館，已是十年前的事了。十年前我是學術休假來探勝，十年後的今天，則是剛退下火線邁開漫遊腳步尋訪舊地。今年他們建館二十周年，靈氣依舊。但上次甫出隧道驟見桃花源的震撼，因為有了歷史性的心理鋪墊，這一回，直面的只餘期待中的久別之美，如山寺君臨，仍一派開豁清幽。世間一切的極致，只許一，不許再，或者。

售票職員建議我們嘗嘗餐廳的豆腐，說是用琵琶湖的水自製的，外頭吃不到。反正下山前要等每小時一班的巴士，我們便去吃個簡餐，當然要吃豆腐了，此外點了據說也是時令的梅子飯糰。豆腐固然有豆香，飯糰裏只夾着一點酸酸的梅子，應是黃梅時節的應節製作吧，須要用心細嚼，去吃出梅子和飯的真味；那是淡中有如來，要有從食物的根本去感恩天地自然的厚賜那樣的專注，才能愉快體認的美食，換了鎮日超時工作的我們這邊的打工仔，則寧可吃一碗博多拉麵算了，好歹有幾片甘腴的叉燒可飽腹。

尋找京都（三）

到底要尋找怎樣的一個京都？我自己也說不上來。原始動機可能只為避開如潮的遊人，據報如今京都常常擠滿新鮮的旅客，熱門景點一片喧囂云云。於是選個淡季出門去，又刻意不往人堆裏鑽，盡在少人處流連，便儼然有尋找昔日心中寧靜古雅的京都的意思。想來這樣的刻意是低調得來太高調，說得上「迂」，即是固執而不切現實。但人，有時候是無法勉強自己的。

所以其實沒有尋找即使是人文京都的意圖，也沒有預設任何主題。林文月或舒國治的京都不是我的京都，他們的，深透多了；我從未住過京都，只是幾次的遠遊，屬於更門外漢的書寫。但單純的京都之旅每次都有可觸動的事物，確是個值得思念的地方。

途上的細碎，是踏着的腳步，串起，便成花樣舞姿。長長的烏丸通，道旁無數青青的梧桐。梧桐的葉芽最可愛，鮮嫩的淡黃，軟弱幼小，顫抖地插在肥大的綠葉間，看去堪憐。我從未見過這些小葉芽，強弱大小的對比太鮮明，於是大驚小怪地一路翻尋欣賞，不管旁人嗔怪。這是初夏的梧桐呢！本城永遠欠奉。

過去只在清水寺附近屢見和服少女往來，這一趟，可真熱鬧非凡，和服少女街頭處處，果然是個時髦的潮流。可惜物多則濫，細看其中一些形在神不存的粗糙裝扮，怪不得有好事者說：似一群穿了浴袍的少女在街上亂跑。

另一路上風景，是眾多穿着校服的中學生，三五一群，清早開始，即散入城內，到處遊蕩。鴨川之旁、河原之町、美術之館、稻荷之社、嵐山之野，皆見他們的足跡，卻從不見教師在旁。狐疑了好幾天，周末黃昏，火車站內，他們終於齊集亮相了，成千少年，浩浩蕩蕩地回家去。原來是個觀遊學習的隊伍，可能畢業旅行之類。自由與信任，是令人稱賞的活動元素。

臨走的午夜，酒店床上，一陣微微晃動，明顯是地震了。來日本，都會有這樣的疑慮，一旦遇上地震……而事情發生了，朋友在夢中喃喃吐出金句：該死唔使病！

找到舊日的京都了？當然也有新的。

衡山路上

到上海，其實沒有任何期望，趁炎夏未到，出外遊走幾天罷了。在上海工作的朋友說，這城市的觀光腳步，兩天就夠了。昔日偶然也會去上海，會議之後，總有些觀光節目；需要花兩天去看的大路景點，大抵都看過了。那便遊散吧，即是閒蕩。說到底已睽違多年，或者可撿拾幾片西風過後的落葉。

馬上想到的，是寧靜幽雅的衡山路，就在腳程可及的不遠處，便順心而往。記憶未必可靠，尤其從不對世界好好經意端詳的人，只潑墨般任深深淺淺留住一些感覺，聊以點綴如煙歲月。是怎樣的幾番舊遊讓衡山路驀地闖入此刻思緒？也說不上來。朦朧記憶中只有好多年前去過的古雅咖啡室及或遠或近的京崑劇場，和路上朋輩口中的舊時使館區的異樣格調。就此而已。

酒店附近一段的陝西南路和茂名南路其實也寧靜幽遠，散發老上海最絕代風華的一面，可為了自家依稀的歷史腳步，我更喜歡衡山路。人都是這樣的，一步一跫音，當時或惘然，重來，才聽到那達達的馬蹄。兩旁的梧桐當然是舊相識，初夏，綠葉拱照路旁，靜待每年秋前的一番肆意鋪張。上海令人妒忌的，不是更甚的繁華和炫目的林立高廈，而是這些路旁的梧桐。它們點綴着無數文學創作的場景，也牢牢鑲在旅人心坎中，只消願意遠離外灘或浦東的輝煌，它們就會有招魂的法力，任你回來選個愜意的道壇，好好供奉一片主祭梧桐的記憶。衡山路肯定是個美麗的祭壇，走在路上，你會悠悠醉倒在夾道梧桐的懷抱下。可以醉得樂不可支，可以醉得心離神遠，午前行人稀疏，紅磚路上絕不會發生碰撞事件，也絕不會有地鐵內擅於閃爭霸撥、搶坐愛心座的那些教人搖頭的年青人礙在身旁眼下，據說他們不來衡山路了，喜歡泡新天地去。真是好消息。

唐明皇在秋雨梧桐中思念貴妃，寫就中國悲劇的人生苦短、聚散無常，據說美好東西失去後無法復得的寂寞與哀痛，就藏在梧桐雨中。可惜上海傾盆大雨的那一天，我去了蘇州，當然，秋也還遠。

蔡元培故居

由衡山路走過去，有一顆明珠，是這次到上海才發現的。和朋友笑謔，這算是兩個「盲姆」遊上海。起行前大家都忙得發慌，一切都沒準備好。沒有上網卡，沒有支付寶，今天還能在內地生存麼？幸好在上海工作的朋友説，仍可以的。便匆匆趕赴機場去。

因此，只能是沒有目標地隨意逛着，記得衡山路是好路一條，便往那邊遊走，走着就蕩到華山路去了，巷口見指示牌，內有蔡元培故居陳列館，不免入內致敬。入館的只三數，安安靜靜，可以流連。

小樓迫狹，主要是掛在牆上的舊照，還有幾件蔡氏生前文物。簡單概括地介紹他的一生。他的一生，關涉近代民族文明，其實值得大書一筆。但他晚年住在上海這居所時，已是日落餘暉，之後避難來港，三年便病逝了。對比之下，相信他家鄉紹興的祖地故居或會更可觀，當年鴻鵠振翅的氣象猶存一息？而這小館，只能算是先生歸程的幽居一站。

蔡先生令世人稱頌的，是學貫中西、教育救國、有時代使命感、不附權勢、以思想自由的開放態度帶領北大、認同五四運動、提攜後學，還有，尊重女權、啟迪民智、創辦女子學堂、讓女生進北大……在那個瞬息變幻又充滿無限可能的美好卻多難的時代，蔡先生看見世界、肩負重擔、改革時流、建立現代社會傳統，為思想文化發展作出重要貢獻，垂範後世。

站在那些老相片前，我對愛國女學的一張感到特別親切，既因他的第三任妻子來自此校，也因剛讀到他的女子教育思想。他提倡男女平等的教育，認為女子無學，「害於人種尤巨」。一九二〇年他開始讓女生入北大，是現代高等教育男女同校的新頁。此前，康有為的女兒康同璧已於一九〇三年自費入了哈佛。澳門粵華創校校長廖奉基女士已於一九一八年自美國碩士畢業歸來。民間的腳步比衙門快。沒有蔡元培，中國的公立大學還不肯為女生開門。

跟在我們身後作導賞的，是一位政法大學一年級的女生，溫婉可愛。我則對那古老打字機最有興趣，舊時老家也有一部相近的。

長崎遊散（一）：和平與平和

和平，日文是「平和」。站在長崎的平和公園門前，沿電梯下來的幾個老者微笑着向我揮手打招呼，讓人相信它不是挑撥仇恨的地方。

一直想去長崎，不因它的原爆悲劇。年青時我早到過廣島，無意追尋更多不幸者的在地傷痛；瞬間煙消與刀槍凌遲的毀滅方式都令人切齒，近八十年之後，我們只能說，可以放下，但毋忘歷史。長崎偏處九州海隅，交通費時，今年有了直航，才選個梅雨時節，看看這獨特的地方。明末以來，它曾是日本對外開放的唯一海港，幾百年間，有過宗教的波瀾、經濟的起落和原爆的苦難。多層次的歷史感使長崎成為東洋最富異國情調的地方，和昔日的澳門，竟有某些角度的相似。或者就是這樣的一種感情，讓我在京都之外，也嚮往長崎？

和京都比較，長崎當然大不相同。沒有古雅的建築、考究的工藝和精緻的料理，一切都淡淡的，樸實自然。沒有京都人深藏的傲慢，灰濛濛的梅雨天下，遇見的長崎人會善意地微笑相迎：天熱呢，要記住多喝水啊！荷蘭坂古洋房中，我坐在日本攝影祖師上野彥馬的資料館內，迎着涼風，悠然歇息，朋友高興地自坡上探索回來，告訴我職員竟給她們這溫馨的關懷。

那天我獨自走到平和公園，大批學童由年青的教師領着來參觀。我走到隊伍中，看見無論是學生或老師，解說的或聆聽的，都仰着愉快的臉，微笑張望。不由想起遙遠的那一年，在廣島原爆館內，人們邊看邊流淚，出得門來，不少都是哭哭啼啼的。今天在和平世代成長的人，面對祖輩經歷的悲慘世界，都一片平和，歲月果然是無情的。

遠距離站在原爆中心地的紀念碑前，想起山田洋次的電影《給兒子的安魂曲》，原爆地的前一個電車站，果然是大學醫院；和長崎悲情地做了小倉的替死鬼一樣，世上是有命運這回事的。

長崎遊散（二）：唐人印跡

原子彈擲落長崎的那一刻，機師在二戰結束的開關掣上重重一按，世界隨後在毀滅中重生。煙塵中消失的無數生民，幽魂就此在一片沒有墓碑的墓地上，寂寞徘徊，包括當時在原爆中心地被囚的三十二個中國人，沒能趕及見證祖國最後成為即使是衣不蔽體的戰勝國，異鄉的亡靈可會不甘？

抗日時期，我們起碼有四萬國民被強徵到東洋做礦工等各種苦役，補他們勞動力的不足。其中長崎縣有千多人，都被迫在煤礦做苦工，平日傷病以至死亡者已不少，原爆時，三十二個勞工被關押在距離工地很遠的長崎浦上支部監獄中，即今天平和公園的所在地，於是一九四五年八月九日那個時鐘停擺的早上，他們便也成為犧牲者。在公園一條小路旁邊，我找到一塊二〇〇八年才豎立的紀念碑，銘刻這段戰亂中的記憶碎片。建碑的意義，是「期盼正確的歷史認識和中日友好」。站在碑前，我想着這遲來的碑文，可曾召喚這些被勞役又猝爾無辜消逝的國民，讓他們飛散的遊魂，歸有所安？

這批二戰時被強徵苦役的礦工並不是最早到長崎的中國人，由新地中華街走過去，我們到唐人屋敷（設施）找尋歷史的痕跡。十七至十九世紀中葉的兩百年間，江戶幕府的鎖國時期，華人被限制居住在四周有圍牆、河流和城壕的扇形人工小島內，不能自由出入，直至貿易開放，他們才遷出禁區，逐漸發展出今日的唐人街。旅客諮詢站的職員說，舊時圍牆只剩下兩片基石，沒有什麼可看的了。眼前的土地廟觀音廟和天后廟等，看資料，都是重建的假古董，倒是出來時見路旁有「異人館」，驟看覺得奇趣；異人即異國人，西餐館也。

我們還是到唐人街吃了一回什錦炒麵，不存厚望，也就沒有失望；即使著名的長崎蛋糕，說穿了，不就是我們小時常吃的沒有牛油的清蛋糕？

長崎遊散（三）：吃的腳步

除了甜膩的蛋糕，長崎其實沒有什麼美食可言，唐人街標榜的什錦麵，就是加了厚厚芡汁的炒雜菜淋在乾巴巴的像兩面黃的乾煎麵上。糾結而脆弱的麵條可曾紓解糾結而深沉的鄉愁？它大概是幾百年來長崎華人的飲食結晶。

比起神戶，長崎的唐人街不太熱鬧，中午行人頗見疏落。這疏落是我們將日常慣見的街頭洶湧與之相比。長年身陷人潮中，疏落成為我們嚮往的城市空間變奏，想想都會令呼吸暢順一陣。但可愛的舊生在大洋彼岸的偏遠校園住了一年，暑假回來在街上見大減價的公司門前萬頭攢動，興奮高叫：人啊！人！可見取捨之間，在於有無。

到唐人街是帶着一種自我交代的心意，該去走走吧？雖然天下唐人街一般俗氣。總不明白那些地方為什麼現代不起來。不過我們只是吃一頓午飯罷了，無謂太沉重。什錦麵之外，「角煮」也了無新趣，街頭不斷有人勸食，會介紹說：是叉燒包呢。像佐世保市吹噓的著名漢堡包，不過是來自所駐美軍基地的餐飲食物鏈，展現長崎國際化的滄桑基因罷了。幾天下來，倒是那晚在居酒屋吃到的「一夜干」，吃着覺得有點意思。

長崎近海，魚產豐富，魚市場之外，街頭不乏海產乾貨的小店，我最喜歡小魚乾，是懷念母親的恩物。一夜干也是魚乾，驟聽卻覺着一種莫名其妙的美。見我孤陋，同行好友馬上指點，一夜干是漁家捕得漁獲後的簡單處理方法，中外皆見，魚鮮經洗淨後用鹽水浸泡再經一夜風乾便成。魚肉吃來堅實而不硬，帶一點鹹香，鮮味仍存，是介乎海鮮與鹹魚之間的風味。據說其名來自北海道。

一夜干的美，是一夜便改變了魚鮮的質性，走過黑夜，走出肉身的死亡，堅實而不僵硬，復活另一層次的同樣美好的生命，如長崎天主教歷劫兩百多年後終於走出沉沉黑夜，浴火重生。

長崎遊散（四）：歷史的衣角

除了原爆的戰爭史，長崎另有宗教史上的重要地位。一五四九年沙勿略踏足鹿兒島，開始在日本傳教，長崎成為鎖國時期唯一的開放港口後，也和羅馬天主教結上深遠關係。資料所見，長崎天主教徒的人口比例在日本是最高的。去長崎，也是想看看那些小教堂，可惜日程和腳程都有限，看到的不多。教堂規模都不大，但安靜祥和，很有味道。

被視為國寶的大浦天主堂當然珍貴，遊人洶湧。佐世保的聖心天主堂則身世有趣，據說二戰末期能躲過空襲，全賴神父把全幢教堂漆成黑色，這經歷讓它在古雅之外添一份奇幻色彩。神父裏外的忙着，不忘殷勤問我們哪兒來的；四圍清靜，旅客倒也不絕於途。

教堂之中，最能反映天主教在日本傳教史的重要一頁，自然是長崎市火車站對面西坂公園的「日本二十六聖人殉教地」了。教堂之旁是紀念館，館中資料早有文獻記載和專家述論，毋庸贅筆。看罷展覽，想想當年豐臣秀吉下令禁教，這些由京都被押到長崎釘十字架而死的方濟各及耶穌會士和信徒，苦路漫長，他們是帶着何等堅定的信仰精神，赴死不避。其後大批殉教者接續被殺，鎖在十字架上的婦人抱子女被活活燒死的圖片令人震撼；連婦孺都死命守護信仰，宗教的力量確可移人。兩百年間長崎眾多隱藏的教徒世代綿延，使他們曾匿居的海島帶着神秘氣息。十九世紀後期，禁教令廢除了，這批教徒才再現身社會。然後明治維新的幕幔拉開，來自蘇格蘭的哥拉巴對日本產業革命起過推動作用，他在長崎的故居自然也成為景點。

從沒想過在長崎會掀起一頁日本史的衣角。

歷史是嚴肅的，我竟罪過地想到，美國改投長崎那一顆原子彈，塗炭了生靈，卻意外地讓它的歷史感更厚重？

那些帶着串串千羽鶴到長崎遊學的中學生，行篋應載得滿滿的。

高雄的「窮光蛋」

去高雄遊散，是臨時的改道。結果碰上地方選舉，體認到「高雄又老又窮」的現實版：一碟「窮光蛋」，也就明白了其後的選情和結果。

我們住的是一間中型商旅酒店，網上口碑很不錯，住進去也一切合理，但關於早餐的一點小事，可作笑談。餐廳供應的自助早餐，主要是幾盤中式炒菜之類，其中一盤蒸水蛋，到我們這些遲來的住客進餐時，只剩一片軟爛殘渣，便請教服務生是否可給我們兩隻煎蛋？他們幾番奔走溝通，同意，於是皆大歡喜。第二天，情況相同，他們勉強再供應我們一份煎雙蛋。第三天，他們說，廚房庫存缺雞蛋，無法供應。第四天，我們笑鬧着仍討蛋，他們說，煎蛋要等四十分鐘，即是欠奉。第五天的回應則是，只能其中一人吃一隻煎蛋。我們便不敢再以討蛋作早餐的娛樂節目了，因為終於明白，一個城市的窮，可以反映在餐廳廚房用光了的蛋上。

罪過的當然是我們習慣以服務為必然的遊客心態。後來刻意觀察，發現整個早餐餐廳都是幾個年青人裏外在忙，無論這是他們承包的一盤生意或共同主理的一個業務，相信都不是收支寬裕有餘的行當，每天多了幾隻蛋的開支，加起來可能是一個負擔。這是在市內周遊幾日之後的想法。

高雄當然有新的城市氣象，灰濛濛的嚴重空氣污染中，有可觀的商業大樓及大小藝術中心，市民靜靜守住自己的生活；咖啡店有文青，超市有主婦，食店有勞動人民，夜市有小老闆……但在老區，街頭最多的，卻是一個個大玻璃箱放着毛公仔的夾物遊戲店，沒有店名，也沒人管理，但必有年青人百無聊賴地在碰運氣。想是商人用空出的鋪面來做短期營生。終於有一天，在一間這類店家門上，看到一個橫額，寫着：生活小確幸。

吉祥

到高雄，當然要去見識佛光山。

佛陀紀念館這一天休館，只能在佛光山流連半天。山上空蕩蕩的，遊人冷清，這裏的空氣即使不減污濁，尚算令人愜意，佛門清淨地，本來就應該這樣。站在山門，可以想像不久前這裏該是每天人潮洶湧，訪客歡欣地在許願池畔投幣合十，然後奔上佛殿，讚歎連聲，完成了來這聞名於世的佛寺的心願和行程，再到山腳的飯店吃頓團體旅餐，算是為觀光事業出點力。而今眾生暫退，不知山上的管家是否和山下的俗家一樣，心中有着難以言說的愛與恨。

我自己則慶幸來對了季節。一路上山，偶然看到愉快的年青女尼飄着袈裟輕身往來，人手一部「唉風」；今天的比丘尼不只在佛門修行，也參與弘法和教育文化等事業，換一個身世，一樣對社會有貢獻。每逢相遇，她們都微笑合十打招呼：「吉祥。」我滑稽兼落後的思維可能來自粵語長片，以為和出家人相見，他們念的必是「阿彌陀佛」。「吉祥」無疑是個更人間的祝福。她們是在實踐星雲法師〈十修歌〉中的「四修見人要微笑」、「八修口中多説好」。最平常的，也是最容易忽略的。

於是帶着一路吉祥，在莊嚴肅穆的大雄寶殿內安坐良久，欣賞三尊大寶佛及滿壁精緻的洞佛，然後再漫步各個廊殿。大佛城下一個內殿，牆角坐着個老尼，一個中年婦人促請遊人禮佛，並示意在佛前箱內抽出一份小紙筒，展開，上有詩句，婦人熱情建議由老尼解詩，同時捐獻。名剎如佛光山，平日捐獻的中外巨賈必大不乏人，看來是因觀光業的衰退，才緊盯旅客腰包，令人嘆息。

在山門的素食亭午飯。我向來對素肉甚抗拒，覺得吃肉又何必言素？但此處的素排骨和素魚又的確味美。管賬的説：我們的素肉不像素，好吃啊！

高雄的藝術與文創

台灣的藝術與文創，從不令人失望。

這一回，朋友特地從台北南來，領我們參觀剛開幕的衛武營國家藝術文化中心。果然氣勢非凡。廣袤的園區內，躺着一座獨特的巨型建築，大幅的屋頂像海面剛被強風吹過，翻起幾個大浪。流線型的一整片起伏着的上蓋，柔和舒展，遠看又像森林裏扁扁的充滿故事的童話屋。和造型也獨特有致的台中歌劇院相比，後者躋身市廛中，這兒更能讓人敞開心胸，沿步抖落身上俗塵，進入藝術的殿堂。

想馬上看個表演，什麼都好。票卻早已售罄。城內有個讓心靈舒展的華庭，固然是高雄人的驕傲，而他們熱烈的參與，才是值得自豪的。

轉到大東文化藝術中心，視線馬上被外圍十幾個巨型熱氣球般的吊飾吸引住，灰白系列外牆，據說晚上燈光照射玻璃門上，會有動人的色彩。我們在白天周遊，覺得一切樸實而沉穩。藝術圖書館是精彩硬件，流連館外的尋常百姓則是功能性的軟件。老幼在長廊的美麗木板地上散步嬉戲，年青的在咖啡座上看書細語，各適其意。我們坐在木板路旁的石欄上感受愉悦的城市風光。輪椅上的長者被外傭推着經過，點頭，微笑。

去駁二藝術園區遊逛，甫出捷運站，便鑽入路旁一間雅致的鋼筆店。今時今日，我們的街頭何曾養活一間為鋼筆而設的專賣店？早便沒人寫字了。文字彈出眼前，是用敲的。進入由碼頭舊倉庫改成的園區，藝術的氛圍是前衛的，氣息獨特，可以慢觀細看。但一片灰濛濛，斑駁荒涼，滲着淡淡的憂鬱。一間以貓狗為主題的文創店，門上大木牌宣示的是：不在中途放手，(直)到世界末日那天。

走到大寮，搜出一間漢餅文化館。連賣婚嫁糕餅的老店也搞出個可觀的文化場館，讓人們過着素質高雅的餘閒生活，高雄人值得一個讚。

南越王的「攬炒」

去過廣州三次，而已。最近的一次，倏忽已然十五載。參加學術會議嘛，我們通常捨近圖遠，嚮往中原古都之類；廣州近在咫尺，隨時可以自由行，暫且放下。於是便漸漸視而不見。

有了高鐵，廣州更近在眼前了。搭高鐵和去廣州，兩個動機加起來，湊成一個出門的主題。晴朗的冬日，只需抹掉鎮日強行飄過眼角的陣陣黑影，擠出一點好心情，便可重新呼吸那久違的安靜，到哪裏都好。

舊時記憶已淡忘得一乾二淨，要重新認識名城，在地的青年朋友說，讓我們從古舊的一面開始好了。她要展示的是廣州二千年的文化根源，我聽她說着說着不自覺地提高了嗓音，便知道那是她作為廣州人的一份驕傲；西漢南越王的王宮和古墓是不得了的歷史遺跡，非看不可。

美麗奪目的稀世「絲縷玉衣」自然是訪客的焦點，資料可俯拾，毋費贅詞。我站在那看去有點狹小的墓室中，很難想像琳瑯的出土珍寶如何和殉葬者擠在一起。十五個殉葬人中，七個奴僕大概只好認命，四個夫人享過榮華後，也自知劫數？樂伎若知到頭來要隨葬娛君，早該收起不凡才藝？我竟戲劇化地想像其餘三人：前室的家臣、外藏槨的車夫和墓道盡頭的衛兵，到底是誰最後躺下？墓門有個小小的木製模擬門閘，讓遊人體認那算盡的機關；墓門一旦關上，墓內自無生理。會是家臣處理了車夫和衛兵，盡最後的忠心，然後摸黑爬到前室躺下，還是衛兵最後一人，在沉沉的墓門訇然關上後，安心躺在墓道的盡頭，咽下僅餘一口幽幽的悶氣，等待悠長二千年後世人的一聲浩嘆？考古學家當然笑我過慮了。

這才想到北方出土漢墓中那些大量的木俑，原是古代人道精神的明證。綿延的南嶺，擋住了中原文明的一點燭光，於是趙佗的後裔依商周遺則，攬炒了十五條人命。

河岸絮語

疫中不便走遠，行必有方，午前多在小區附近散步一回，聊作舒展。由屋苑的外圍走過去，最好的步行路徑當然是著名的城門河畔，河堤內圍還有一條美麗的單車徑，都是區內居民晨昏健體的熱點。冬日煦陽，行人絡繹，健兒輕騎奔馳，綠蔭一路沿河伸延，這裏，每天都人氣旺盛，生意勃勃，疫中尤甚。

正是這旺盛的人氣，如今卻令我猶豫幾番，不敢走近，怕偶爾迎面而來脫了口罩喘着氣的健行客。環顧四周，終於發現隔着一條大馬路，距離河岸不遠的另一邊，有着相當寬敞的紅磚路，人跡稀少，也是理想的步行道徑，便人棄我取，安步其上，漸漸也能樂在其中，且另有得着。

說是發現，其實只是新的審度與選擇。沿着花樹輝映的紅磚路走過去，左側是一座大型屋苑、一片小山腳下的休憩地和一間大酒店，再遠處是毗鄰的兩間學校，一路清幽。

每次走着都覺得奇怪，人都到哪裏去了？當然都到對面河邊去了。沒有近前的河景，人便自顧悠閒散步，於是又發現，這大馬路原來並不繁忙，絕無喧囂車馬打擾心神，中途轉入小山腳的長椅稍作勾停，有時會瞄到兩三老者隱在濃蔭下耍太極，走過昔日賓客盈門的酒店，冷冷清清，咖啡座關了，空凳在曬暖陽。

走過酒店和學校，除非要過橋到市中心去趁熱鬧，否則回頭路怎樣走，常常是一個自設的有趣課題。回到河邊反方向走，還是原路折返？往往又驚訝地發現，在掙扎須臾之後，我居多原路返家。但此時不到河邊的心緒已然不同。運動過後，血氣充盈，不再怯於往來坊眾的氣息，選擇重複腳印，只為重複自己的來時路。換一個相反的角度，花也不同，樹也不同，山也不同；沒有河上的如流逝水映入眼簾，紅磚路上看見的，是一個輕快地往回走的自己。

竟有一點點的生活興味在其中。

覺察自己

瑜伽導師一邊指導練習，一邊輕聲告誡學員：閉上眼睛，聽從指示，不要張望旁人，只顧看着別人，便看不見自己，無法專注自己身體的伸展極限。

很有道理。可像我這樣初來的學員，即使導師指示清晰，聽着學着也手忙腳亂起來，只能偷窺前面資深的學員，辨別方向，舞弄手腳，一於模仿至上。但做完坐着和站着的各種程式，一旦到了躺在地上做伸展的環節，便只能望住天花板，一籌莫展。以為瞪大眼睛才能聚精會神聽清楚指示，原來也是一個亂字了得。導師便像催眠的溫柔地呼喚着：閉上眼睛。當然，其實只限半閉狀態，但果然是較能專注和集中了。

覺察自己，這該是修行的一種境界吧？聆聽，然後按自己的能力行動，探知極限，做到最好。旋律優美。適用於任何日常工作以至最偉大的事業。

但有些關節其實不易。人難離群索居，我們恆常做人處事，總是左顧右盼，由求學開始，便不斷在前進中及比較中為自己定位。社會鼓勵由良性競爭走出一個出頭天。於是無數自找的麻煩，皆源自習慣用別人的影子來量度自己的身高，甚者造成嚴重心理障礙。世間多少不必要的社交悲劇，都由此而生。交友的賞味期限，常常和雙方的際遇差距拉得越開掛鈎。能彼此珍惜相識是緣分的朋友，值得一生擁有。說來雖是俗氣，可一點不假。

只顧看着別人，便看不見自己。說的也是要正面看待專注的能力，專注是一種美好的感覺。哲學家說，人若常被瑣細事情羈絆，便只能平凡。心上天天念着雞毛蒜皮的小事，明鏡蒙塵，自然容易本末倒置，難成大事。唯專注能打開自己，看見自己，精神由此得到提升。當然，基礎是，要與正念同行。

所以瑜伽的修煉也是現實人生的修煉。那不是一場運動會，沒有速度與輸贏，人們聆聽指引，伸展着軀體，一身一世界，不講究整齊，不講究優劣，去到自我的極限，便停下來，即使遠遠未達高境，也可以慢慢感受自己的身體，覺察自己的存在。

寬容面部

每次上課，瑜伽導師帶領我們練就眾多動物功架後，往往溫柔地提示：寬容面部。覺得有趣。這「寬容」，異於我們日常的詞義。我們一般說的做人處事要能寬容，是指心胸開闊，有容人海量，表現一種具道德情感的態度；而瑜伽導師要求學員達致的，明顯是放鬆、不繃緊的狀態。

不是說你聽到「放鬆」的指令，便馬上可以機械性地放鬆，相比其他要握拳或收緊四肢的動作，放鬆無法一蹴可就，那是一個釋放自己的過程，漸進式的。放鬆了，伸展便比較自如，或者說，進入柔軟的境界，身心都可以不那麼繃緊了。

由肢體伸展去到精神放鬆的階段，像參加飛禽走獸以至家畜昆蟲的動態模仿訓練：駱駝式虎式貓式鶴式蛇式魚式下犬式牛角式燕子式獅吼式蝴蝶式……看來要回歸自然，釋放自己，感受自由，如漫步草野，飛越花間，才得內心的安靜；內心安靜，才可寬容面部。

總的合理。

莊子說，人的精神不安定，皆因有機心。然而生而為人，尤其都市人，私人空間有限，為求生存，往往機巧不免；終日營役不息，思慮難免複雜。連睡眠都生障礙的時候，精神安定，談何容易？一旦上班時段遇上地鐵線路全部故障，如何不抓狂？常日走在路上，或坐在巴士上、地鐵內，若細看往來蒼生臉孔，會發現多的是扭曲的、苦焦的、緊張的、木然的臉孔。相由心生。集體的精神躁動結果，是太極瑜伽健身操等養生班市場大旺，針灸推拿按摩理療類診所舉目皆見，你會由此知道這城市的精神健康指數排名高極有限。

放鬆自己，固然是由內而外的事，不是寬容面部可以解決問題。導師在我們每次招式伸展之後，都不忘呼喚：「放鬆晒！放鬆晒！」然後抬出「寬容面部」的深度口號，我想是一種行業的善意。畢竟專注能夠牽引心靈的美，美好的心靈具有創造性；打開心胸，如打開天窗，包涵萬物。心靈不等同道德，但美善的心靈有利培養道德情感：溫暖寬容的生命自覺，容易讓人得到鬆懈。

於是任務達成，可以下課。

五

微泓小語

「微泓集」小序

二〇一八年開始，我們在《澳門日報》副刊的欄目改個招牌，叫做「微泓集」。改題是因為「凡空靜土」的名字，轉眼已用了十年，換一件新衣，看去不那麼沉悶，也當作是一個階段性的分野吧。

沒有特殊的設計意義，興到即成文字。觀其名，只意在小小的一道水流。之後想想，又發現其中不乏趣味。凡與「泓」字結義的詞句，例如「一泓秋水」、「一泓清泉」，都有清澈的意思。則小小的一潭清水，便是至上的美，值得供奉。至於《說文解字》的解釋：「泓，下深貌。」有「其上似淺，其下深廣」的意思。我希望這是一種作者與讀者之間的連繫。區區方塊，無法承載大道，我們在敍說見聞經驗或引述風物故事之時，寫的只是小文章，若讀者能於其中體認較深邃廣大的人情事理，這實與諸君自己的人生歷練和閱讀功力有關。作者可以如是寫，讀者大可不必如是看。是文學的不易之理。

由「凡空靜土」到「微泓集」，中間跨過漫長的十年。十年，世事可以遷變幾回。二〇〇八年梅笑請我開欄時，因為工作忙碌，要兼顧每周一次的文稿，有點心虛；心虛也因從未寫過報紙專欄，信心有限。好奇心倒是蠢蠢往前的。於是湊合當時有興趣合作的前後兩位系主任，三人上馬去也。陳、周兩位先生，一專哲學，一專語言，喜歡表達自己，口快筆快，寫作於他們，完全不是負擔。我專志古典文學，學術路數不同，加上天性駑鈍，總是費煞思量，左右刪謄，才交出每月一篇的功課。但凡事只須認真對付，自有前路可行，漸漸發現，小篇章的寫作，有無窮樂趣，可以承載學問、沉澱思想、銘刻性靈或談說藝文；專欄文字於二〇一六年再結集成書，《還看紅棉》出版時，竟然可真個分列門類，倒是始料不及的事。故於我，這個小欄，如明几淨窗，點染生活，其功實大。又世間的美，往往不由經營，偶然一塊小石頭拋出去，一泓清水綻放的圈圈漣漪，也許可以映照藍天白雲，悠悠蕩蕩。

感謝陳永明教授繼續合欄，希望「微泓集」可以帶引我們快樂地寫下去。

讀書無前途

同胞們一聽這話，大大驚心。不是嗎？古來國人都說讀書高，只有學識水平較低的被較高的管，沒有、也絕不接受倒過來的邏輯。做父母的，對子女最大指望就是他們發奮讀書，讀出個醫生律師會計師工程師等錦繡前程來光宗耀祖一番。人生目的及偉大理想都來自讀書這回事。

所以，若說這樣的話，必被天下父母指罵：誤人子弟，莫過於此。

但我又真誠覺得，現代社會變異而繽紛，「唯有讀書高」的傳統觀念，已不能適用於所有年輕人，起碼不適用於那些在學校裏虛耗光陰的年輕人。問他們，不如讀完初中去讀職業先修專科學校？好歹學一門手藝，日後成專門技師或高級工匠？起碼圖個穩定生計。又不如讀完高中去讀體育或藝術專科，做個出色運動員？或音樂家舞蹈家劇作家，在藝術界展姿采？甚至不如初中畢業便去做各行各業的學徒，將來可以做理髮師廚師調酒師？但年輕人都說：不！父母一定要我入大學！

於是泯滅個性，背負家族期望，陽奉陰違地每天在課室消磨時間。而學校呢？為了校譽，為了一盤招生的生意，把資質最高的少數班級操練出好成績，讓他們走入大學之門，好向辦學團體交代業績。而精英班以下的多數尋常程度的一般學生，就要看他們是否時來運到。及時頓悟奮力掙扎擠到上游的，時也！有時是遇到良師，有時是良友，有時是由大挫折得大感悟。家境富裕送到外國升學，發現自己，由頭來過的，運也！我們都說，昔日的精英教育不再，但陰魂仍不散。那些才質一般的學生，都是被放養和放棄的一群，只能自求多福；而世上，中才卻往往是最大的多數。

讀書無前途，其實不是我說的。那天和廿五年前畢業的舊生飯聚，他們都已是資深的中學教師了，都在浩嘆，如今的教育，消磨年輕人的生命啊！語出驚心，我們都深有同感。但在教育制度下、社會傳統觀念下，我們能做什麼呢？此所以一旦政局轉換，人人最關心的，是誰做教育局局長？本城一講到教育，問號最多。

大學生是要教的

那天舊生轉來報上文稿，一位商界管理達人發表高見，分享她到大學做講座的見聞，歸納學生學習態度的鬆散，和教師本身的專業態度有密切關係，主題是《三字經》的「教不嚴，師之惰」，是直截的批評。她在課堂看見的學生，有遲到的、吃早餐的、逕自操作電腦的、竊竊私語的、自出自入的，一片混亂。她大大光火，於是嚴肅修理，經認真點撥，年青人反應良好，專注學習。她的結論是：大學生是要教的。

舊生說，女士也到過她任教的中學做講座，印象深刻，慶幸社會仍有這樣的有心人。這是一種社會責任感，值得欣賞。大學是高尚學府，過往，等閒之輩誰敢挑剔？然而她說的是實話。對大學生是要有要求的。繩規是要設立的。如今一般大學生，入學時才十七八歲，仍稚嫩得很。一入大學門檻，心理即呈兩極拉扯；茫茫然不知所措，飄飄然沾沾自喜。他們不知道，此刻才是自主學習的開始，往往以為是抵達艱苦考試的終站了。不是說大學之門入時窄而出時闊嗎？

相對中學，大學當然自由多了。學科老師各有要求，有嚴厲的也有寬鬆的，要修四年的學分，左閃右避，不難蒙混過關。視乎年青人對自己的要求，無數擴闊視野的機會，錯過了便錯過了，能抓住，則青天白雲自在飛。

而一切都需要引導。最基本是學習態度的問題，你不讓年青人在校內學懂做人毋苟且，出了校門，他們便要付更大的代價。所以昔日我甘冒惡名，對學生的要求是起碼不得遲到，上課遲來要申請。凡新生入學，學長會提示各老師的嫌忌。上我的課，避免遲到。學期中我只點名三次，每次只點三五人，不到是「命也」。我從未訂立誓約或罰則，只偶爾開個玩笑，表示不會原諒上課遲到的人。大學生嘛，無從管起，只能幫他們管好自己。於是百日太平。可以心無旁騖上課。但每年開學，我又必認真鼓勵學生走堂；大學生不試試走堂的滋味，哪算大學生？結果是，凡來選修的，缺課者絕少。笑問年青人冒險精神哪裏去了？他們期期艾艾，但笑不語。

側記饒羅二公

那個寒冬的早上，傳來饒宗頤教授謝世的消息，驀地想起他和羅忼烈教授兩位先生的側影。寫來，是趁半個熱鬧。

那時饒公逢周一來小城山上上課。有一次，我們在大豐樓前相遇，都在等校車，不知怎的談起書法來，我說我素習褚遂良和虞世南，他便叫我下個星期去找他，之後，被邀每逢周一他上課前的十來分鐘，到他的辦公室學書法去。他主張我從頭由漢魏碑摹起，二玄社的各個碑帖，他讓我逐本讀去和臨摹。有時他要了墨和筆，興到便寫幾個字示範一番。有一回，他着我把幾份練習帶到大城他家，說會讓我看更多的好東西。而世事往往有意外。我按址到訪，一個婦人開門，我道明來意，說是饒公相約，她只說無此人，便關上了門。等了老半天，無計可施，我只好把功課交屋苑大門的印籍保安，請他轉交，他說饒公確住上址，但幫不上忙。

星期一，饒公質問，為何只託保安交功課？我具實以告，他默然一陣，沒有答話。我覺得有一種莫名的歉意，從此便沒有再在課前找他。廿年之後的重遇，是他來系做主講，坐在我辦公室中唯一的小沙發上，我問他可曾記得小城山上的小故事？他笑笑點頭，記得的，他說。

我是好多年之後，才和羅公有過數載的交往，但印象深刻。按輩份，羅公是我的師公，因為他曾是業師陳炳良教授的老師。那時他早已完全退休在家，為了奉鍾玲院長之命搞個歷史性的古典詩歌朗誦會，我冒昧往訪，求他出山臨場添光。他高高興興地來了兩屆。幾次到他那書香滿室的古雅家居，他都和後輩談笑風生，儒雅而親切。最後一次，他領我到書桌前，一本《全宋文》翻到「吳淑」的一卷，他指着卷首，笑説你們的名字就只差一字罷了。然後闔上書，把成套精裝巴蜀版《全宋文》中的這第三冊「斷」送給我！多可愛的一位老人家。退休後我把四分三的書籍分贈研究生和圖書館，但羅公送我的這珍本《全宋文》，一定得留着。

可惜饒公給我的書法示範，那時無知，來港轉校工作時，不知放到哪裏去了。

門的語言

國人從來講門戶，所以門的意象殊大。門也講性格。昔日辦公室，門則是人與世界溝通的語言。

辦公室門上有告示板，學院規定，教師必須貼出自己的上課時間表，再加六小時接見學生的坐班鐘標示，以履行教學職責。即是說，門上時間表反映室中人的顯隱自由。人們都把坐班時間塞在講課天內，那學期若得校方的大電腦關照，可以兩天內便完成一周的教學任務。學生在其餘日子找不到老師，不是老師的錯。在手機未普及的年代，大學生比較溫柔敦厚，不會胡亂鬧事。但要他們按我們的坐班時間來叩門，也是奢求。多年來我門上貼着一張小告示：「每日四時後，涼風有訊，請交伊妹兒。」希望日落前保留一片清靜時刻，好做自己的功課。結果發現，人們都視若無睹，門雖掩而常開，開開關關之間，歲月無聲消逝。

沒有阻隔功能的門，只好拿來自娛。每逢外遊，有意思的明信片，會張貼一二示眾，門前過客或會駐足欣賞。其中一張貼了多年的相片，是在倫敦的皇家植物公園看到的金句：When life is hard, you learn to adapt. 樹猶人也。但人不如植物。人會怨天怨地，植物倒能因應自然而生長。

日子夠漫長的話，叩門的聲音會洩露來者身分。那也是一種語言。有人敲門，高舉拳頭，在門的上方以拳面有節奏地閣閣敲門，這是坦蕩有度的前輩。有人用拳背�門，砰砰然沉力出擊，氣勢隔門也逼人，這是來吩咐公務的。有握拳無力的，只用手背柔柔輕敲幾下，是試探式的來串門，稍慢回應，即早遁去遠，如午夜幽人，這是溫和敦厚之士。門上不時有惶急不成詩的敲門聲，那必是失措的秘書小姐。有一年，一個寂靜的黃昏，室門忽被轟然踢開，以為權貴來找碴，原來是隔壁內地來的博士生，為趕交論文，在死線最後一刻捧來大作。

感知原鄉一九四一

希望為百年以來的澳門女教育家做一點記錄，才有機會接觸到上世紀的澳門歷史，翻到一九四一的一頁，驚心動魄。

昔日當然聽過長輩提起戰時生活艱難，他們說的是「打日本仔」時期，可從沒聽過，苦難在一九四一年更深。而我們既不知道追問，也不懂查究。出生之前的事，只當故事聽。大人忙於生計，也無暇向我們細說前塵。又或者，不堪回首。他們甚至不曾意識自己剛走過的是一段中國歷史。所以我們從沒有關於澳門一九四一的概念。思之，茫然。

由一九四一走來的澳門歷史是怎樣的？一直承認，即使在澳門出生和長大，我從未讀過澳門史。一九四一年日本發動太平洋戰爭，珍珠港事件，我早便懂了。同年香港淪陷，後來也懂了。但當年澳門的處境，我到歲月老大才懂：雖因澳葡而位處中立，但此地交通封鎖，形同孤島，糧運斷絕，物價暴漲，難民湧入，至一九四一年人口大增三倍，街頭常見餓殍，有人全家倒斃，因為飢餓，甚至出現人吃人的慘劇。

奇怪的是，無論中小學，歷史課上，我們都沒有讀到這些近前的資料。依稀記得，曾聽過父親提及祖母在店前施粥的事，那應該是一九四一那一段年月了？無力的一九四一，只能是歷史書上的年代記認。生死之涯，老百姓命懸朝夕，哪管今年是何年！和遠方老同學提起我們的蒙昧，馬上勾起她一段記憶：「對了！我記得媽媽說過饑荒。她說有一天，一個女子到家來，懇求救濟收留。媽媽在家裏只是個小媳婦般的角色，大氣都不敢吭一聲，沒能為女子挺身而出，所以拒絕了她，幾天後卻發現她橫屍街頭。媽媽心中內疚自責，一直到她去世前幾年才把這事說出來。當時媽媽像一個小孩般嚎啕大哭。我們才知道她為此折磨了自己一輩子。」

要走過七十幾年，一九四一的原鄉才烙印在我們的心上。

三兔共耳

學到老。舊生到法國參加佛學研討班，寄來一幅上課時學習的敦煌隋代藻井的「三兔共耳」彩繪，三隻小兔在兩層的八瓣蓮花中，朝同一方向旋轉奔逐，頭上只共三隻彼此相連的耳朵，非常奇趣。廿年前到過莫高窟與榆林窟，看過一些美麗的壁畫，卻不知有這可愛的藻井，可能走馬看花般看過了，然後又忘掉了，也可能是忙着欣賞四圍的壁畫而錯過了，不知洞中之天有大學問。

一定要放在心上，才會記住；而放到心上，需要一種感情的沃土。

於是搜資料，知道敦煌的三兔共耳圖是目前傳世最早的同類圖案，在西方和中東國家出現的，時代都較它晚了幾百年，研究者相信圖案的廣泛傳播和絲綢之路的貿易有關，可能源自中亞。三兔共耳圖的具體意義未明，有不同的說法：有說是自然崇拜，有說是某種宗教的內涵表現，如佛教文化的三世輪迴、因果報應等。

細看這獨特的隋代彩繪，可想像當年洞窟的瑰麗堂皇。藻井中三隻小兔在蓮花中追逐狂轉，沒有誰能領先，奇趣的三隻耳朵組成一個三角形，如旋轉的軸心，能立體操控小兔的鈕盤，又似小兔奔轉如風的視覺感受，是力的體現，具速度化的漫畫效果。總之三耳是三兔的共同命脈牽繫。藻井在古代是莊嚴的建築元素，只見於帝王及宗教的殿堂，以藻類水生植物如荷、菱為飾，寓意避火。蓮花在佛教是清淨的象徵，兩重蓮瓣圍着共耳三兔，如清涼靜海，穩住世間無限循環，因果相扣。比起小兔，我更愛蓮座四周的十幾個飛天；那時遊走於敦煌洞窟間，最着迷的便是這些躍動而美麗的小飛天，妙曼飛舞間，上帝鈞天會眾靈。

耳目紛擾的炎夏，我按照自己的心意來解讀神秘的三兔共耳圖，願世人明白，我們的生命有着互相牽繫的根本，在困局中轉夠了，都在企望清涼有日。

死亡之卷

年前中學文憑試的中文科曾號稱死亡之卷，死因是文言文難學難懂，甚至有人誇張到因此避走外地升學，只為這可怕的考卷。聽來不可思議，母語學習竟嚇怕了自己的子弟，寧可棄之去學他國語文！於是退休後有機會走入中學課堂，觀察他們如何學習時，最大的好奇心，便是想看看文言文的教與學。

看罷幾節初中生〈愚公移山〉的課堂，有一點體會。老師都很用心教學，學生亦算用心學習。可他們學習古文的方式，是只逐字逐句的語譯。教師拿着一個語譯版本，學生就按這版本「被」輸入，不得有疑。譯完了，好學生都會明白字句的意思和愚公移山的故事，回家便按照這些僵化的語譯硬啃，應付了測驗和考試，過後，一切便丟到堆填區去，沒有活化為學習的能力。

他們以為譯過了，就是教過了和學過了；平面的認知，如一盤散沙，沒能放入感知系統裏，發酵成佳釀。年青的老師說，我們只會分析語文，不懂講解內容啊，這本來就是語文的科目嘛。不是文學呢。

這種硬綳綳的上課方式，挑不起半絲學習情趣，自然學過了便忘記了。但不要責怪老師們，這不是他們的過錯；學校都是按市場規律，調校出教學方針來，要緊貼市場，即是按公開試的題型來操練，任誰都知道這並非始自今天的事。教師只能像守在運輸帶旁的技術操作員，機械化地讓學生學習這些經細心挑選出來的古文，沒有咀嚼，沒有欣賞，讀過了，就把他們送上運輸帶去營銷，於是一旦公開試中，遇上陌生的篇章，便易全軍覆沒。

能力轉化的關鍵，在死讀古文，了無生氣，要有現代的觀照，才能讀出個興味來。為什麼在新時代要讀古文？因為在這些經得起時空考驗的篇章裏，有一些普遍性的東西，超越時空，具永恆價值，可讓我們思考問題、理解人生、面向未來。不加挖掘，便可能亮點變污點，不能和現實世界連線。

說到底，語文學習完全把文學元素撇除在外的觀念，是一個嚴重的缺失。

觀課的印象是：悶啊！又，若說不心寒，是騙你的。

愚公移山的亮點與污點

人人都讀過〈愚公移山〉，或者說，人人都知道「愚公移山」的道理，故事寓意，不外做人要有決心和毅力克服困難，將看去的「不可能」，由點滴的努力，變為「可能」。

像很多傳統的教訓一樣，世代相濡，這些成語今天成為我們民族的勵志箴言，理所當然地，我們都預設一種教育圈套，認為學生一定要懂，也一定會懂，然後再由他們傳遞到下一代，堅實我們的傳統文化元素。

可近月有機會走入中學生的課堂，旁觀他們的學習，發現這樣的教育心理，有可能落伍了。即是說，世界變了，我們如何說服今天的初中生相信愚公移山有理、愚公移山必能成功，是一個更迫切的教學課題。雖然明知只是一則《列子》的寓言，不求真實，但讓學生了解學習的意義，不能只說「這是考試的一部分」，或「這是我們應該懂得的道理」就作罷。

因為，今天的學生接觸社會比以往容易，他們會挑戰問題，從最現實和最功利的角度看事情。我聽見一個女生的評價，指愚公是天下最自私的人，因為他竟讓後世子孫都要聽他的，喪失自由！意思是，子孫沒有了自己的生命自主權。又有人說，沒有天帝的幫助，愚公不可能移山，即是失敗了。意思是，應該肯定的是天帝而不是愚公，為什麼今天人人都只稱許愚公移山？

於是愚公移山的亮點變成污點。具備決心和毅力的愚公，變成一個自私和失敗的人。天真的想像，從現代讀者的角度看故事，問得簡單也很有道理。老實說設若今天所有十三歲的少年都能拿出這樣的問題，我們應該高興才是。絕大多數的學生都是「無問題」一族，欣然（或默然）接受聽來的一切。而年青的老師只說沒有標準答案，讀者可有不同意見。但為什麼一個自私而失敗的人會被後世欣賞？這是必須處理的問題。

雖則所有教科書及參考書都從不抹黑愚公，我們是否須按本宣科不可？學生是人，人是活的，若師生只由僵化解釋來應付工作及考試，千人一面，故事便沒了活力，即欠缺生命。

愚公移山的現代觀照

今天社會，人的自主意識，大不同於古代，我們都不會接受由祖先或長輩支配自己的前途，所以愚公希望子孫按他的意旨去移山，是自私的想法。這是對的。但世代相承、完成美好事業、有益家族鄉鄰，是愚公的良好願景，以愚公作主體來評價，他也沒有錯。而在移山的主題下，必須具意志力、持續力和群眾力才可成就偉大作為，是作者要表達的中心思想。

最終把山移除的是天帝，所以成功的不是愚公，也是對的。但天帝是感於愚公的精誠，才出手相助，故説愚公失敗又並不合理。客觀的評價要看結構。這是另一學習重點。問題是，天帝移山只屬神仙打救式的美好結局嗎？戲劇化的神仙打救固然可以解釋為愚公的善報，為故事尋得一宗教意義的出路；愚公追求理想生活，有社會關懷，以遠大眼光、堅毅不屈的精神，把現實中的不可能，一步一步地自腳下實踐，終於感動了天地，得神明援手，從此世代安居樂業。對無力的百姓來說，神力是最大的安慰，所以即使研究資料說，移山是一種樸拙的「道」的超現實精神追求，天帝助成是自然對「道」的回應，我們也只能對初中生作深入淺出的比喻。或者再嘗試說，所謂超乎現實的想像，其實即是今天我們鼓吹的創意思維，當初可能只是天馬行空、不着邊際的虛無想法，但不知怎的又終有成功實現的一天，當今世界，無數不可思議的新發明都是這樣產生的。

那麼，愚公移山可真會成功？在智叟的映襯下，愚公之愚，在用最原始的方式移山。沒有一個學生會同意人力可移山。作為教具的電腦簡報，此時便可發揮大用，放映我們熟悉的一些世界奇蹟，然後問滿堂少年，那些三四千年前的古人，如何憑雙手打造埃及的金字塔、英國的巨石陣等？我們春秋戰國時期的萬里長城，如何徒手砌成？接着拋出這樣的一個延伸課題：建立難？還是拆卸難？

最後，才看那些有意思的語文：「聚室而謀」、「雜然相許」、「跳往助之」，是多麼的精練生動！

我的小城師長記憶（一）

讀《破曉明燈》，作者廖妙薇用感恩之筆，記錄了澳門曉明學校的眾多老師，師生情誼深長，令人感動。良好的基礎教育，是培養學生正面人生觀和價值觀的基石，影響深遠。於是我也在微茫的記憶中努力翻尋，然後腦海便浮起好些因歲月湮遠而早已淡忘的身影。在我成長的那個年代，教師收入微薄，一般未受專業訓練，全由個人學識才智和道德良心來打好自己一份工，能督促一班毛頭讀書識字交功課，便大家安樂度日。昔日在貧窮的小城，他們默默貢獻社會，功不可沒。

姑母是小學老師，一生都在澳門勵群學校教書，所以我們都在那裏接受啟蒙教育。勵群管教嚴厲，童稚時期眼中的老師都藤鞭不離手，模糊記憶中出現的兩位女老師，一位是劉先生（小時所有老師都叫先生），短直頭髮，圓臉刻着滄桑的皺紋，因為鼻上有一片藍色的斑痣，我們都戲稱她藍鼻劉，終年穿着深藍寬身旗袍，行動不太俐落的樣子；她教學認真，我們有點怕她，都乖乖的做功課。回頭想起她，除了藍鼻子的鮮明記認外，是因為今天我把她放到一個我要好多年後才看得見的時代圖景中。以前一個婦人要掙扎求存，談何容易？她中午在校內搭食，早出晚歸，略帶龍鍾的孤獨身影，蹣跚着上落校門外斜坡，半世紀之後，默默走入我的記憶。

另一位鮑先生也是獨身女士，骨瘦如柴，蒼白着臉，終年灰黑旗袍，拿着藤鞭，常和姑母共事，管着一大群幼齡學童。她總是很安靜，輕飄飄的來去，中午也在校內搭食，我從未在校門外看過她的身影，不知她是否寄居在校。姑母臨終的那一年，意外地發現她原來也住在同一間老人院，卻已患嚴重認知障礙症，常坐在床邊，低頭，無語。

想來，歲月輾過像劉先生、鮑先生和我家姑母這些上世紀的孤身來去、曾提攜無數童稚的師長輩身上時，用力過猛，卻嘆息不聞。

我的小城師長記憶（二）

少時師長今天大多已作古，年深月久，他們早已淡出我的生命記憶，但召喚的契機一至，又好像有些淺淺淡淡的身影，似隱還顯，飄入小城歸夢。

勵群管教雖嚴厲，師長輩倒是隨和的多，無論教書是安身立命或只屬暫時生計，他們都在崗位上認真從事。教育是「人」的工作。先生們來自五湖四海，有老澳門的，也有外國的歸僑，是五六十年代亂世中澳門人口混雜的縮影。

教國文的何榮祿先生是勵群的名師之一，大概是老澳門了，我們早便久聞大名，家中哥姐常在飯間講述他上課的趣事，可能喜歡自我吹噓，學生給他起個綽號叫「何老威」。何先生最引以為傲的是他寫得一手好字，大街上不少店鋪招牌都出自他的手筆，每逢完成得意傑作，翌日上課他必洋洋得意說：昨天我又賺了六十塊！你們不練好書法，將來賺錢便少個本領。他嗜酒，我們到他家拜訪，常見他自斟自飲，大抵淋漓大筆要有旺盛血氣才可濡染揮灑，而酒可行氣。老先生也教四書，最喜歡講《論語》，教完還要我們背誦，想來我學習古文的基礎都由他啟蒙。

陳鑾芝先生是英文科老師，在勵群只教了幾年，據說她是南美的歸僑，在澳門無親故，所以和兩個女兒寄居在校。陳先生教英文，清晰動聽，夏天一襲淺藍寬身旗袍，搖着一把紙扇，聲音嘹亮地在黑板前來回走動講故事，自有神采。一次她竟在課上忠告我們，鈔票是世上最骯髒的東西，無數人接觸過，所以用錢後要洗手。那時聽去匪夷所思，但我卻又記住了，這是她給我們的衛生教育呢！可幾十年前，誰懂這個？

「人」的工作可以規範，也未妨隨性，盡心即可。少時課堂上學習的東西，最終都只能化作一道暖流，滋養我們成長的生命。兩位先生若知道我半世紀後只記着他們的自我吹噓與衛生常識，會是高興呢，還是氣結？諸君且說說看。

六

微泓別集

青絲物語

人到了一個年紀，便自然會認知和見識屬於那個階段的種種生命樣態。於是，老了，看一個人，會得先看他頭上青絲有多少？

朝如青絲暮成雪，是早晚的事，可年輕時吟誦李詩人的豪情壯語，感覺最良好和最受用的，只在「人生得意須盡歡」或「天生我才必有用」，當然，「千金散盡還復來」才是終極的現實嚮往；在仍有大把歲月可以揮霍的時刻，不關注這些人生亮點，難道會高瞻遠矚，想像明鏡悲白髮的一縷萬古愁嗎？

然而年青時心中無足輕重的事，轉眼便到眼前來。事實不必等到耄耋之齡，城市超級緊張和忙碌的日子裏，踏入中年，一路費盡心神打拼生活的人，頭上青絲都開始響起警訊，灰色的號角嘹亮吹徹，入耳悲涼。當然，猶可粉飾太平的。市面的染髮劑花樣繁多，不只可以收復「首」要陣地，甚至可以玩轉東方成西方；「頭」地出人與否，是一種最私人的選擇。但花甲過後，葉落飄零，羌笛無聲。人生最無力的事情之一，原來是沒法填補青天之外，也不能像插秧般，把青絲再安頓到頭顱之上。也原來青絲若能維持暮雪的狀態，其實是另類的美麗，是老友記的無言幸福。即是說，頭髮斑白不打緊，最氣短的是不能濃密如昔。這又哪裏是年青時能想像得到的向晚卑微願景呢？

於是顧盼之間，驀地想起一些關於頭髮的風景。不能否認在髮之物語這回事上，我們女子一族，是絕對羡慕男生的。男生不得已時，便只好豁出一片童山來。只要小心不行差踏錯便好，否則易被標籤為帶貶義的光頭佬。那時聽兩位白髮蒼蒼的外省老前輩，得意地戲稱一位老外同事做蛋頭，雖然明知他們是不會念他的英文名字，聽去也覺得甚新鮮；實則無論光頭或蛋頭，頭型與氣質良好的，旁人羡慕都來不及，似尤伯連納多帥氣，不是嗎？到了今天自己年歲漸積，見識多了，更確定蛋頭的審美，氣質最為關鍵。人一旦無髮，尤其要祝願自己有一雙正派的眼睛。可以說，頭髮與道德，本來扯不上任何關係，但頭上寸髮不留，便五官無遮無掩，耳口鼻只睇相的才會端詳，眼睛則是心靈的窗口，善惡貪嗔，不易收藏，偶見那些常瞇成一線閃縮眼的蛋頭族，總覺暗埋殺機，避之則吉。於是忽發奇想，奉勸天下鬚眉漢，若自忖蛋頭有日，須為這一天的到來，做個好人。這是歪理，但不無道理。

髮乃血之餘。老一輩的人常說：有頭毛誰願做瘌痢？真是精警的民間金句。大抵天下無限苦衷，最基本最典型的象喻，莫過於無頭毛，種種難堪與委曲可由此引申：有錢誰會去搶？有本事誰會去乞？有其他選擇怎會落得如此田地？瘌痢是見不得人的事，便明明白白。沒想到生活貧乏的年代，性別歧視階級歧視等等之外，竟還有頭髮歧視這心理。今天醫學進步，病禿少見，可我們一旦碰到突然天天戴上帽子的相識，總不免一陣狐疑，若氣色不妙，惻然傷感是人之常情。頭髮是生命力的表徵，此刻它的短暫隱退，正代病者宣示處於危疾治療期，旁人除了安慰和鼓勵，要避免眼光肆意向上掃射，否則無禮之甚。不過我亦見過一位豁達女子，療程甫啟動，即把頭上青絲剃盡；她說更難面對的，是髮絲一束一束地掉落，不如引剪一快。看她戴着花帽，對鏡顧盼，拒絕自憐，親疏遠近，都付與無限祝福。每天清早我去火車站必經的小路，通往一間教學醫院，讓人心有戚戚的是，路上遇見戴這種帽子的人比往年多了。城市憔悴了。血色素低了。

身體髮膚，受之父母，不敢毀傷。本來是說，保重身體，才能立身行道。聖人早就曉示，健康是一切的根本，其中包含倫理價值。可現代社會，留住一把飄飄長髮的女子，是為表現女性特徵，與父母無絲毫瓜葛。相反，除了流浪者，不肯剪髮的壯漢，想是為了別出同儕，騷出自家「首」要亮點；該也不是家長的旨意。一般來說，兩者動機的不同，是前者力求合群，後者嚮往突出。當然這說法不宜反推；因為蓄短髮的女子，只可以從更有個性和更有時代感的角度去欣賞她們。無論如何，髮之去留，和年青人爭取民主的口號一樣，一切都應該是自主的。但這其實又不是必然的事。那時我們念中學，做校長的修女頒令，所有女孩不得穿短裙和留長髮。每天早禱，她高高在台上檢閱，無人能逃過法眼，事實上我們為了方便在球場上追逐較勁，也不介意人人短髮。可有一天，我們忽然發現，一個平時大家都覺得最受修女偏寵的同學，卻慢慢留起一把長髮來，這可不是高中生可以接受的平等世界，後來就演成長髮政治化的事件。結果是，為了追求平等，班上從此多了幾個長髮但必須紥成辮子的同學。我們青春期第一次鬧革命，竟是爭取頭髮自主。

直至我到異地升學，才開了另一回的眼界。那時島上的中學，按當地教育部規定，厲行「髮禁」，男生平頭，女生短直，不准燙髮。路上見腦勺下刮出一塊青皮的少女，一眼便知是個中學生，據說這是從健康與紀律着眼的教育建設，讓學生專心讀書，不搞個人形象。在講究集體的時代，這的確是一道無敵卻慘淡的校園風景，用今天的尺度去衡量，是了無創意。幸好我們的修女未遇上其後的偉大網絡發明，否則她必不輕易用辮子作妥協的工具。無法考究那時段島上是否果然人才特多，總之是後來世道變化，年輕人以「頭髮是自己的」硬道理，配搭自由與人權的君臣藥，便解除了多年的禁令，治好無數少女女性自覺啟蒙的心靈創傷。當然，可以想像，或者，該輪到那些校長及訓導先生們去吶喊：連頭髮都管不了他們，還可以怎樣叫他們守規矩？好多年之後，大城光怪陸離得不靠譜時，人們把反新例的厭惡目光對準女高官的髮型，指為罪莫大於影響市容，更且謾罵有之。這可能是歷史上最嚴重的髮型歧視事件，尤甚於瘌痢，可見民怨一旦沸騰，怒火真會燒到髮上去，不可小覷。而那位女官推己及人的反擊也同樣欠邏輯，意思是，她若連自家的髮型都捍衛不了，怎能捍衛此地的安危？將頭髮的公共意義作無限上綱，那是言重了。校長先生們聽聽便好。

三千煩惱絲。佛家若有典義，也不好輕易冒犯，妄作詮釋。回到世俗來，青絲確常與煩惱交纏，因為它是性格的反映，而人，總是常常自尋煩惱。自尋煩惱的空間，叫做理髮店，時尚的說法，叫髮型沙龍。理髮店是社區不可或缺的商業元素，乃民生必需；堅定維持頭面形象的保守派，固然要定期光顧，前衛者時刻思變，為求追風不落伍，亦需頻繁改造髮型去。髮型師今天是站到藝術家的行列中去的，由「師」可以體認專業的風光。曾幾何時，他們的前輩只叫理髮匠；民間各業工匠之一。還記得昔日老屋旁邊的小巷中，那個帶着一隻藤籃和一張椅子作營生的中年理髮匠，每天把一面小鏡掛到斑駁的街牆上，攤子打開，附近街坊偷閒來個快剃速剪的，待匆匆修理完畢，便顏面光鮮地高高興興又幹活去。這樣的街頭風景是會教人動容的。而我們小時，只常常好奇地站在巷口看他為眾生操刀，小心翼翼，執掌着與煩惱絲作別的儀式。老行業湮遠了。豐子愷在船上遠觀的「剃頭司務」，今天已化身城市的形象設計家，創出無數駭人的潮流，不再在野外圍住一座披着白布的雪菩薩盤旋奔走。

在張揚個性的世代，青絲有了自己的舞台，但一台好戲，要有個好劇本，才能感動觀眾。盲目追隨新潮固然演不好，一味復古也令人沉悶。有一年，班上來了個染一頭桃紅長髮的女生，她鎮日逃課，來時則常倦極伏案，像一朵待斜陽收拾的醉芙蓉，刺目有餘，朝氣欠奉，想來她是辜負了自己希望出頭的初衷吧？女子天生愛美，又往往竭力保存自覺的一生最美。偶見過時的貴婦，頭上堆着圈圈的大鬈髮，為的便是凝住她們最風華絕代的那些年，一看便知閱歷非凡。髮型可以是半張身分證。所以懷舊電影的美術指導先得考察髮型變遷史。又常常覺得，女子老了，宜揮慧劍斬青絲，養住血氣，以清爽短髮示人，好活出輕盈。否則也可學習我的老祖母，綰個古典溫柔的花白小髻，安靜祥和。炎炎夏日，她午睡在廳中的酸枝床上，一方瓦枕滲着微涼，幾曾見霜鬢翻亂。穿着黑紗綢的這小髻老婦人，是我心中永遠供奉的一尊活菩薩。

朋友送來一把牛角梳，寫了個小文，意猶未盡，又絮絮不休了好一陣。

花甲者誰

人能活過一個甲子，不是必然的事。老杜大嘆「人生七十古來稀」，他自己六十不到便下世，可見傷感有理。今天科技發達，醫學進步，世界人口平均壽命迅速提高，除非因天災人禍，或貧困迫仄，或受限家族基因，或嚴重欠缺健康意識，否則居於現代都市，生活正常的話，修修補補，走到六十，看去不難，難就難在如何活出一個從容的花甲年華。此刻，需要重新正視自己，建立身分認同，才能安步於金黃落葉織成的美麗晚秋地毯上。

走過六十載悠悠歲月的我是誰？環顧平生認識的同輩女子，到了這階段，都閱歷豐富，成熟睿智，自信十足；年青時溫厚和順的，此時見慣世道，比較理性，一向特立獨行的，早便成為性格巨星了。聖人說，人到六十，聽到的，都了無障礙；真真假假，一聽了然，這真是值得高興的境界。聽的不再迷糊，視野便隨而開豁，於是即使生理上不復耳聰目明，心中卻比誰都雪亮。這些，都是年青時沒法想像的特異功能，毋須修煉，日久自成其功，一旦意識到它的存在，便省掉許多虛偽枝節，前半生一路走來許多夾纏不清的蒙昧與矛盾，淺了淡了，因為不太在乎了。

然而儘管儼似洞悉世情，或具備冷眼看江湖的外緣條件，關於人生新階段的身分意識，我輩其實都是被動的，有點無奈，卻非常有趣。以我自己為例，花甲剛過，仍然在職，雖離本城法定的長者年限尚有若干距離，歲數一旦曝光，必被掃入「老婦」行列。作為老婦的事實，本是不容否認的。不過我相信任誰邁入老境，都不會坦然接受這具體稱謂。「白髮無情侵老境」，不是沒有難堪的。好多年前，我們才五十出頭的新上司剛到任不久，意氣風發，正擬大展拳腳，一日，有清潔工友尊敬地向他打個招呼，之後他幾乎是含着淚，噘着嘴，幽幽地説：他叫我阿伯！今天我對老婦的自我認知也查有實據，事緣有一回過馬路，對面一老翁也在等交通燈的訊號，綠燈亮了，馬路上大家擦身而過，赫然發現竟是廿年來天天見面的同輩相識，心上陡地涼了一截，啊我自己，不也青山看我應如是嗎?於是下決心以後路上千萬更小心，君不見「五十歲老婦」之類的新聞陳述比比皆是?

人口老化，人壽提高，事實上社會對昔日的耆英如今客氣多了。那天我到銀行，一位面目清秀的中年女士剛輕快地推門離去，兩個魁梧的客戶經理步出，一起望門讚歎：她七十八歲了哇！當然要有優渥條件，才能凍結身心於老境之前；防腐劑固得之不易，而明白擺在眼前的，是長者可以努力維持可觀狀態且成果卓著，不看她的身分證，誰敢喚她一聲婆婆？今天我年邁的母親走到市場，招呼她買菜的，「阿姐」之聲猶不絕於耳。反而我自己有過做婆婆的可貴經驗。年前暑假，有人攜眷返系，示意年幼子女向我行禮：叫婆婆啦。才驚覺師生關係原來已經瓦解。不過當婆婆的經驗遠不及做阿嬸來得惡劣。一次在地鐵站內候車，月台上兩行的排隊區，只一行成伍，我便排到無人的另一行去，車來了，隊中兩個相擁的青年男女仍緊摟着進了車廂，忽然那女子轉過頭來，用充滿磁性的聲音向我大喝：排隊啦，阿嬸！還未來得及回應，他們又立即擁吻起來了。我像被剝奪申辯權的嫌疑犯，只能悻悻地走到另一車廂去。沒有比那一刻更恨此城教育失敗。

當然，這樣的閒氣，在人口擠迫、品流複雜的地區，有時是有理說不清，要忍辱免禍的，一天半天，氣便消了。要說滑稽，相信沒有比在系裏被學生用中文稱呼「小姐」更好玩的事了；我說中文，是因為香港中學生慣稱女教師做Miss的，有些大學生初上中文系，不識好歹，仍沿舊習，自然被學長們提示一番了，可我年前，畢業禮剛過，幾個新出爐的本地碩士生，在學系門前拍照，見我經過，問道：小姐，可否為我們拍張照片？我欣然舉機，感受一種隱於市的快樂。但我其實絕不喜歡做小姐，雖是此地最普遍的女性稱謂，換一個空間，便不成敬語。學生每年組隊返國內交流，行前我必提醒，賓館中或用餐時千萬不要隨便叫人家小姐，稱服務員就好。

素日我們在大學教書的，退休前的身分常常和工作掛鈎。升至教授之前，多用學歷「博士」做職稱，雖然今天的博士其實不博，學科上更狹窄得可以，但寒窗數載，掙得一個博士的名銜，是多少書生的人間願景啊。一個博士學位，是留在大學開展學術生涯的入場券，也是有廣泛社會認受性的高貴名堂。多年前，我成為博士那一天，一位其後的性格巨星誠意祝賀：你以後不必再被人稱做小姐了。我倒從沒想過，原來為身分苦讀，也可以是個奮鬥目標，可見人各有志，何可思量。博士做久了，十年又八載，努力有價，經過嚴格驗證，機遇來時，不乏可過關成為教授的，用我大學老師的說法，是終於攻頂了。做教授當然比博士神氣，如果把持不定，便會輒以教授自稱，醜態時出。所幸我見識的同業，多是越老越低調，雖未至於像正考父般循牆而走，也謹慎戒懼，鮮少張揚；讀書越多，你會越知道未讀的更多，不是嗎？和國內體制不同，本地的退休教授，沒有高校單位照顧餘生，舊制度下，花甲甫過，掃地出門後，和尋常長者便沒有分別，所以帶着教授的身分意識退隱江湖，大概沒有什麼優勢可言，抑且自憐有之。「老大意轉拙」是有道理的。往日我等以高級知識分子自勵，雖謙虛其外，更多時候是孤高其內，恒常睥睨俗世，不周時流；一旦卸下專業桂冠，回到生活的根本層，搞不好格格難入，情有不堪。故暇時思之，踏入花甲年華，或者，寧可轉換生命價值場，做個新進長者，和「老友記」同聲同氣，保健養生。至於來日能否進階做個資深長者，則是命也。

但人好歹要對自己有點生命期許，才能安然活下去。有些人戀棧職場，未必關涉到金錢上頭，有些人提早退休，也不一定身家滿貫。客觀因素固然最重要，是否找到轉換心理的平台，也與去留攸關。平台上，擱着一個有所從來的我，面向生命之流的下游，沒有任何階段比此時的自覺更重要，收拾還「鄉」的心情，據說和腦退化的速度不無關係。這不是趕快去修習一門藝術，轉一種營生，或熱衷旅遊看世界，藉遣有涯餘生的以進為退的防老策略可以解救的複雜心緒。不過治標而已。「本」如何對付？想來是要慢慢學習放下的。所謂自覺，是我們終於明白生命的諸般限制，甲子輪返，退下火線的，是一個怎樣的自己？正視自己，然後放下自己，放下的是那意猶未盡的、隱隱不甘的心。雖帶點佛家頓悟的擺落放空，或跳過去的反邏輯思維，終不失為一健康路數。放得下的話，便繼續做自己高興的事，不管有益世道，或只功在其身，以至什麼都不做，專志享受生活找樂子，都是一種心有所屬的期許，幾番內外調適，便海闊天空，任他派你什麼角色，老婦也好，婆婆也好，阿嬸阿姐也好，仍做小姐也無所謂，稱博士或教授，不如叫我老師更親切；平生最怕誤人子弟，可那是我最感舒服的身分，毋須轉換。來到那一天，終於脫離生產大隊，揮別量化公社的時刻，我會和那些休班前輩一樣，微笑着說：我慶幸自己終於退休了，各位請繼續努力去。有特異功能的人，自然會聽出語調中的無限同情。

韓愈〈秋懷〉有句：「浮生雖多塗，趨死惟一軌。胡為浪自苦，得酒且歡喜。」沒有酒，且精心調一杯藍山，悠然閒坐晚秋地毯上，看日落霞光。

由澳門文學散步說起

十月下旬，金秋之晨，回到小城，參加澳門文學散步。據說這是歷史性的首次，而我，也是生平第一次參與這樣的活動，正確的說，是首次參與一個集體文學活動。印象深刻。活動的非凡意義，早有高論，毋須別置一喙，但沉澱之後，還是希望可以分享我自己的一點感受。

雖說只是走了三分之一的歷史城區，但那個陽光明媚的早上，無比豐盛，幸福滿懷，為的是，感覺生命忽然和歷史接了軌。這歷史，起碼包含三個層次，且互相滲透。首先是在地的城區歷史，這是空間上的，我們循着前人足跡去散步的地方所盛載的種種。其次是觀念上的，小城首次具歷史意義的文學散步，不只是腳步的追跡，更是藝術心靈的投印。最後是我自己作為一個原鄉客，在這樣的腳步中重遇屬於個體生命的一頁蒼白歷史，文學散步，隱隱是個修復欠缺的契機。

曾經，我成長在一個蒼白的年代。自啟蒙開始，我們這一代，有機會入學讀書的人，接受的，是具宏大意義的教育。我們自教科書學習了中國和世界的歷史，讀了不少古今的著名文學篇章，學懂要做個謹守傳統道德的中國人。可我們完全不懂澳門的歷史，從未聽聞印光任和張汝霖的《澳門記略》或龍思泰的《早期澳門史》，也不知道利瑪竇、艾儒略竟曾在此地居留，見過大鬍子文德泉神父的身影，但不知道他正在為我們記錄身邊的事物。我們甚至無法想像，小小的澳門也有歷史？大概知道了也會嚇一跳。沒有人告訴我們這裏如何由荒涼的海角走出一片洞天，只知道政府是葡國人，他們一直在這裏，已經好多年了。

原來，蒼白的，不是澳門的歷史，而是我們成長的年代。

那是個周末，非一般的導賞先生帶領我們由媽閣廟前地這明代以來澳門歷史的生發點，經下環街巷，認識了澳門「圍」和「里」的分別；遍觀鄭家大屋的檐廊，細賞窗櫺間透亮的明瓦；流連亞婆井，看祖上葡人感恩的生命之泉；在聖老楞佐堂前聽到澳門建築工地的竹棚申請列入世遺的出爐消息；爬上聖若瑟修院小樓看宗教珍藏，到聖堂看乾隆時期的奠基銘文和沙勿略的手肱骨；站在崗頂劇院這中國第一間西式劇院的梯間，想像當年的衣香鬢影；在何東圖書館門庭記憶藏書樓那些可愛的早期《聖經》小冊子，和清雅的書室；然後，走到破落的紅窗門，我們都知道，曾經的風月，遠矣。四百餘年的風雲，幾許世間風流，在我們每個腳印上，鍍一層深深淺淺的叫做歷史感的迷惘。

小小城區的散步很有意思，容易串連感覺。但這樣走一回，我們並不只為撿拾歷史錦囊裏的稀世寶器，也不純作「多情應笑我」的故地神遊，主題是踱着文學的腳步，分享小城作家體認本土歷史文化的詩文寫作，方式是聆聽朗讀。我們聽到作者讀着他們走過街巷皺褶的心緒、拈出對城市身世奧妙的詩般隱喻，聽到娓娓道來的故老傳聞、世俗長街的直面優雅、石板殘垣的隱隱生機、百葉窗下的浮世光影、血族交融的驕傲與謙和、和歷史相遇的回憶與微笑。迴蕩在鄭家大屋內院及聖若瑟修院前地，自紙上蹦蹦跳出的心弦，訴説的，是這城市的獨特身世；這是個有異國情調的小城、彩虹七色之美的土地。澳門文學散步的大主題明顯是，我知道我是誰。

於是，我幡然醒悟，蒼白的年代，已經駛過歲月的濠海，帆影不見。今日人們對小城的前世今生都有深切的認知，並由此建立了身分認同。人們對古老的澳門的愛不再空洞，作為澳門人的自覺，有了堅實的底氣。我不禁浮想聯翩。這樣，打後的文學散步是否便向

「妙齡城市」邁進了？在每一個城區的腳步，審視獨特的參差的生命與靈魂，看文字間流露「崢嶸的生存慾望」。以地緣作牽引，這裏的公園學校教堂廟宇高廈小樓以至街巷商店，怎樣成為書寫生活的藝術元素？從作者去切入，誰在這裏有過愛情親情的波瀾？誰在那頭有過人生的起落？誰臨窗賦詩，起詠物之情；誰躑躅街頭，興人文之思？他們怎樣歌頌自然，詠嘆生命？可以是極細碎的、迷離的、空靈的抒發；畢竟生活是實的，而想像是虛的，人是複雜的，藝術是表現的，文字是無限的。通過最尋常的文學書寫，我們才看得見像孤本典籍的自己。看見自己，才能回過頭去，確認那來之不易的集體的身分。

文學的本質是價值經驗的、直觀的、反省的以至質疑的，文學也有安頓生命的功能。在歷史與文學的交叉點，走在秋陽烘着的老街上，我們欣然尚友古人，不僅認識了耶穌會的修士、鄭觀應的家人、崗頂劇場的名流紳士、亞婆井的宋代阿婆、何東爵士、東印度公司的先生與紅窗門的煙花女兒，也能深深感知他們的身與世。

那三分之一的歷史城區，沒有多少我當年的足印。儘管我在這樣的活動中終能還原故鄉，卻若有所失，走着走着，冥漠之間，便和昔日的蒼白不期而再遇。直到三十年前再次離開小城，我從未踏足過崗頂劇院、何東圖書館或鄭家大屋，因為都未重修或重開；甚至沒有聽過亞婆井，也沒有上過三巴仔，巴羅克風格是我到歐洲才學懂的。那天文學座談會上年青的學者說，他在外國留學，見過不少西方的歷史風物：天啊！原來我家都有。聽來有趣，倒是真實。沒有在地感，何來生活感？這年的夏天，我去重訪小學時的一位老師，他在小城度過大半生，是當年的高等知識分子，而今垂垂老矣。我請他重提對澳門的印象，他語帶厭惡地說：落後無知，人們什麼都不懂！那一頁蒼白，真夠令人心虛的。

這原是整整幾代人的寂寞。大多數人的無知，是因為生命除了活着，沒有可安頓之所。我們只講集體，漠視個別；忙於勞動，無暇創造；重視道德，泯滅性情。歷史是這種虛無的編導。歷史的形象從來高大。歷史來到身上時，我們眼前一黑。所以當我在文學散步中，沿途聽着導賞先生如數家珍把城區歷史裏裏外外精彩講一回，便漸漸耳聰目明起來，像受了一次淋漓的文化洗禮，生命儼然厚重多了。令人欣賞的，不只是他對資料的無比熟悉，更因他講得興致勃勃，即使一時跟前無人，站在街頭，也手舞足蹈，功架十足，熱情無限。我盯住他，轉眼便半天過去。

城區路盡，陽光熾熱得可以，我們爬上佛笑樓的狹窄樓梯，自得自在地，吃着馬介休和燒乳鴿，自然也少不了從前夜裏父親常給我們捎回的夜宵：焗骨飯，加底。

我的三個飲食腳步

天生不是老饕，所以不高攀華衣之外，也不講究錦食。但人的生活，總離不開食。

嘗新的腳步

不講究美食，自然不會尋幽探勝般造訪名廚名店，恆常光顧的，都只一般食肆，吃過了，感覺良好，便回頭入座，如此而已。而感覺所繫，除了食物，也和周邊環境和人事有莫大關連。當然，有時廣告賣得拂你一身還滿，路經那些所謂名店時，若門前沒有人龍，也會順道去品嘗一下他們的賣點是否名不虛傳；所以，我的嘗新，都是獨食，而通常，問題確不在食物的本身。

今年的經驗是，在海旁大商場內醫務所做完體檢，想起一家說是名聞世界的紐約餅店，就在裏面；不是假日，也不是繁忙時間，想來不至太擠吧，便移步觀光去。慕名的是千層蛋糕，據說有二十五層，夠薄夠滑，花款也多云云。那只是個圓環形的先買票後入座的開放式咖啡室，只供應蛋糕和簡單飲料，價錢當然比勞動人民的一頓午飯貴多了，但越名貴，越有人追捧，這是城市消費心態。蛋糕吃去本來是不錯的，奶油可真夠香和滑，但你得閉上眼睛去享受，一旦舉目張望，便見到四圍堆塞着大大小小的行李箱，我身邊的一隻箱子旁，甚至擱着一隻美麗的高跟鞋，只一隻罷了，因為主人正把光着的腳擱在另一張椅子上，且吆喝着叫兩個小孩不要走遠！

另一次的經驗，是京都著名抹茶食店來港開分店，報章的飲食專欄如潮介紹。京都是我以前最喜歡的旅遊地，讀了不免心焉嚮往，回味那據說如今已不再的人家古都的寧靜。夏天家裏裝修，不知老之已至，不自量力地負重去來，結果學院裏好心的針灸醫師囑我隨她奔走於各診所間，密集治療。其中一間診所位處繁盛商業區，正鄰近茶食名店，一天中午，治療之後，打算順便過去吃個午飯，猶幸雖滿堂賓客，面壁的單座倒是不缺的，挑了招牌的一款抹茶烏冬，吃來清淡有致；事實你只能在這最簡約的食物中咀嚼出一點名堂來，才能向自己或別人交代，它好在哪裏？以示你吃過了，且懂得欣賞。而清淡有致，需要安靜地慢慢地細嚙輕嘗，才能真吃出個所以然；否則就像我旁邊一對中年夫婦，甫翻開餐牌，即失聲高叫：嘩，滴血全無啊！於是喚來兩盤豐盛的甜品，大口大口地狂吞，說是再趕到樓上吃韓國烤肉去。無肉不歡的人大抵沒搞清楚人家的賣點便巴巴趕來以示不落時流，不意卻暴露了自己的冒失：餐牌就放在門外呢。我倒是想起那清秀的中年針灸女醫師，說話不多，恬淡自如，和一碗滴油不沾的抹茶烏冬最是匹配。

尋常的腳步

我不是素食主義者，但從小喜歡素食。這和久遠以前我們終身茹素的姑婆當然有關係。姑婆常常帶我們去小城的「味雅」，由新馬路轉上龍嵩街斜路，左面有一間門面小小的清幽素食店，幾個老婦人在招呼都是相熟的食客；只有一些簡單的包點和炒麵飯之類，但他們的齋鹵味真是天下無敵！這天下無敵是幾十年之後吃遍我所吃過的齋鹵味後的結論。絕不會像大城的百樣花款，酸甜鹹辣以至咖喱俱全的總之是味精做主體的醬料混麵筋；「味雅」只豉油齋一種，上好的調味，軟硬濃淡得中，老少咸宜。所以跟姑婆去「味雅」食齋和跟爸爸上茶樓飲茶一般興奮。忘記了小店是幾時消失的，應該和那些婦人都年紀老大了有關係；一個終年短髮黑衣的矮小老人家，聲音略帶沙啞，我倒是仍記得的。

媽媽一生也常常茹素，這是她為我們祈福的方式之一。在香港，我們常常帶她去北京道的一間上海素食名店，她很喜歡那裏的苔菜松子炒飯，百吃不厭。如今每逢與願意吃素的朋友到那裏聚餐，我一定會點這炒飯，並告訴他們，這是我母親的至愛。奇怪人人都說，他們來此也最喜歡吃這個。暑假將盡，和舊生一家共聚，兩個美少女讚歎，她們自小最愛吃的就是外婆做的苔菜炒飯！於是她們媽媽說，我也弄得不錯的，改天給老師煮一個。她們老爸連忙補充，我得先讓你看看苔菜是怎生模樣的。相交三十五年，我們都是小城最高學府的開荒牛，如今亦師亦友，見證他們的成長和幸福，令人高興，所謂有緣是師生，還可以怎樣演繹呢？

在大學工作的廿幾年，最常光顧的餐廳，在一個號稱柳暗花明的小區私人會所內。那是個小山丘上的豪宅區，會員身家豐厚，我們則受惠於大學的飲食福利，可以在非假期的日子到那裏吃飯，原先的旨意，是讓我們在招待學院訪客時，有一個較體面的餐飲場所，後來就自然變成同事的另一個飯堂了。昔日系裏工作氣氛良好，不太熱時，我們都樂意中午到山上吃飯去，飯後散步回來，又常常沿路共享教研心得與人生思考，總是愉快。後來理想與價值相同的人都退休了，我便常和學生在花園的茶座吃早餐或下午茶。前面是一大片青草地，被兩層粉紅鑲白窗的半圓建築環抱着，偶爾三兩小孩在上面奔跑追逐，帶一點點南歐風情。最有趣的，倒是花園四周的眾多小麻雀，牠們應該也是長駐此地的會員了，食客離枱，必施施然過來挑一點口糧；成群胖嘟嘟的小鳥，不知是否有一天會因飽餐過度而振翅飛不起？反正我見識過的因日子好起來而初衷不再的人類，也不算少。

和我比較接近的研究生，都喜歡在花園茶座一邊寫意地吃着早餐，一邊討論他們的功課；一來省時，剩下的還有大半個工作天，二來也是享受午前散步回校的那一段路，特別是冬天。我們走過寧靜的豪宅區，穿越少為人知的公園小徑，眼角飄落的盡是開花老樹，偶見張揚的洋紫荊，我總領着他們細看這市花須待人工插枝的世界矛盾。至於到會所嘆下午茶，最興奮的莫如前年修讀古典戲劇的幾個女生，因為人少，我便把她們連旁聽的幾個外系生都帶到茶座上導修去，呼吸着清新的空氣，沐浴在溫煦的陽光中，來一杯熱咖啡，即使缺了電腦簡報，也絕不減她們專題報告的精彩與深透。可愛的女孩考試過後都回味不已，說是畢生難忘，才把她們的選修動機「成個」搬出來：原來她們的中學老師，也是我的舊學生。廿年之後，我們師生三代，在鼎泰豐吃了一頓仲夏的晚飯；沒有留下吃的印象，大家只意興高昂地暢論此城教育的成與敗，帶着非常切身的體認。

偶然的腳步

有一種飲食腳步，只偶一為之，不意竟鏤成美好的記憶，銘在心間。必須說明，這美好的記憶元素，主要來自飲食的本身，然後才是附隨的人文軟件。對於我們這種常常感覺行頭的人來說，是終於貼到口腹之欲的主題上來了。當然，吃過珍饈的滿足感能維持多久，即使有科學論證，其後的「真實」覺察，必不止於食物的本身。所以任何號稱獨特的電視飲食節目，必與文化掛鈎，才能深入人心。也因此，偶然碰撞出由美好食物鑄成的美好記憶，不過是由因及果，再自果溯源，終混成一體的心理狀態罷了。

今天人人都嚮慕光顧米芝蓮的星級餐廳，特別是法國餐廳，大概吃過了便象徵個人飲食品味的國際提升。我從來不追風。總覺得飲食鋪排若出落得太講究太細節，便易墮入病態的偏仄。當然，這也是我的偏見。但偶然發現，在起風之前，我其實已見識過所謂世界級的滋味了，竟又有一點朦朧的虛榮。這種「過去」的被發現，比「現實」要追求的更有意思，帶點能走在潮流之前的自得，對常覺落後於時勢的我輩老餅更是有價：哎我早吃過了哇！例如小城老牌大酒店內法國名廚的著名餐廳，如今人們都說訂座需輪候多時，價錢多貴，格調多高等，可十多年前我們的舊老闆退役時，我便邀請他們夫婦過大海去，吃一頓這樣的法國餐，順便到旅遊學院的賓館住一晚，享受我最喜歡的早餐。

不要問我那天吃過什麼法蘭西名菜，我只記得盡是精緻可口的廚藝，還有很多好吃的小麵包，和繽紛的甜品。總之大家都很滿意，有一種由吃得很好而來的快樂。然而細味這快樂，又絕不單純；沒有多年共事的愉快氛圍，自然也沒有什麼東西可以凝聚到餐桌上來，不是嗎？如果這空洞的美食描摹教人失望，那是因為我從不好好記住我吃過什麼，世上值得牢記的事不下千百，每見有人動輒可把吃過的華筵如數家珍，便深深佩服；一定是生活圓滿，才可專注精神去緊記吃的內容，否則我等草芥之民，能偶然吃到一頓愜意的美食，便感恩不迭，念念不忘的，何止菜單？又像多年前那一個下午，我和同事逛到灣仔的星街去，見一間門面甚具格調的餐廳，正想找吃的，便好奇走入，未到黃昏，食客稀少，老闆忽然走過來，與同事照面相認，彼此竟是年青時留學異鄉的舊相識。驀地相逢，於是他饗我們以一頓豐盛的晚餐。無盡的美味中，我只記住一個巨型的玻璃海鮮盤，而吃罷海鮮盤，我只記住了遠方海水的味道。鮮。一個字了得。偶然，在那後來成為城中名流名店的餐廳內，我沾光地及早享用了一頓法國海鮮大餐。

比起高調的法國餐，望廈賓館的小型自助早餐固然太平凡，但勝在絕不俗氣。在那優雅的小茶室裏，可以怡然享受懶懶散散的一個大清早。坐在窗前，窗外，小小的香草園青綠養眼，洗盡夜來也許猶未熨平的岩巉心緒，泡一杯伯爵茶，點一客煎雙蛋，烘兩塊多士，加幾片水果，悠悠吃罷，可以鎮日不出城，或在門廊泡半天，看往來旅客，想像當年這黑鬼山上那些非裔殖民兵的濃得化不開的鄉愁。

所謂飲食腳步，顧名思義，是一步步地走過來的；我既自小城出發，便不免帶點那裏的歷史色彩，按照編輯先生分派的飲食地圖，明顯是跨界了，可一路寫來，就順心地寫成這樣。

狗仔粉·豬油撈飯·社會流動

那天在沙田一間高檔酒店的中菜廳吃到一碗狗仔粉，覺得有趣。觀名堂，有村野味，應是很民間的東西，而今登大雅之堂，儼然食物界社會流動的成功實例。

回頭搜一下資料，果然是香港五六十年代的街頭小吃，其後社會富起來了，久被遺忘，市面不多見。前幾年，因被洋人的米芝蓮點名錄列為傳統街頭美食之一，身價提升之外，也使人們城市集體記憶的一個暗角重新曝光。畢竟吃是最切身的事情。而當前，關於飲食的課題，從未如此張揚過。

不要以為余生也晚，或是富二代，所以未聞狗仔粉。在我生長的小城，昔日，也有一種類近的街頭小食，叫茶果粉。賣茶果（粿）粉的婦女蹲在街頭，身前兩隻大藤籃，分別藏着兩個鐵鍋的茶果粉，一鹹一甜，短短的粉段，有時呈圓頭尖尾，形態不一。童稚嗜甜，我吃的多是黃糖做湯底的一種：糊糊的湯，粘粘的粉條，說不上好吃，偶然權作下午放學後的點心，聊勝於無。年代湮遠，不起眼的茶果粉早被掃出副食排名榜。那天吃到狗仔粉，在記憶倉庫中努力搜尋，終於捕獲似曾相識的舊時小吃。如今每牽起一種思念，總有個近乎深淵掙扎的過程；先是狐疑，再是追溯，繼而苦思，所思無從，猶有不甘。反覆再三。然後，蹲在路邊的那婦人驟然驀然，升起於遠古塵土，如故夢重圓。人，始得鬆懈。大抵每一段的細碎生命，都是這樣，等待相逢。今天我竟又靈光閃現，那戴着寬邊黑裙帽的，應該是個客家婦人？

那時香港的狗仔粉是否這般賣法，不得而知，大概比較高檔，有個小車仔推着也說不定。這是按我七十年代初期來港之後對街頭攤販的印象來猜度。香港再窮，也比小城大氣，是我們年輕時的青春嚮往，可我們從來不知道，那其實仍是香港的窮乏歲月；只覺到處生氣勃勃，人頭攢動，物華貨美，觀之不盡。搭船來港，暮色中上岸，上環港澳碼頭一帶燈火輝煌的大笪地，看去便是五光十色的大城縮影。如人們近年常用的台灣觀光術語，這是個紅火的夜市。在芸芸賣經濟美食的大小攤檔間，我相信，狗仔粉一定存在過。也許我游魚般，在燈下，經過了，卻又錯過了，像人生的許多其他因緣。所以灑滿豬油渣的香香狗仔粉，我一直未曾嘗到，而懷舊的顧客對今天重現都市、上了洋人名食榜的狗仔粉的評價，正是嫌豬油渣不夠多！設若豬油渣的份量代表一種低迴的憶苦情懷，這些當年狗仔粉的粉絲，營役過後，應該早已在香港社會流動率最令人神往的年代裏，地位挨次上升，縱未大富大貴，起碼圖得安穩的生活了吧？想來，不管是屠夫或販夫，在這樣一片湧自藍天的美麗浪濤中，他們的兒女輩，有賴父母長年辛勤，和自己的學業耕耘，或已晉身城中具歷史意義的所謂中產一族？否則今天人人講究健康飲食，恆常高唱有機與高纖，誰會搬出豬油渣這聽去幾乎是惡疾的禍首來風騷一番？潛台詞其實是：我捱過世界啦！

如果說豬油渣是貧窮日子裏美食的靈魂，人們通過狗仔粉，體認苦盡甘來的喜悅，我又不期然想到它的原生素材，即是豬油，更切切實實地自家抬起頭來，數十年間，曾昂然由最下層的灶頭爬上名流或名廚品評飲食風雅的菜單上，做過社會流動的活脱上升範例。少時每逢周日跟母親回外婆家，親族成群，吃飯時兩張大圓枱也坐不下時，外婆會把我們較年長的幾個孫兒帶到廚房，每人分一羹凝脂的豬油，拌入熱飯，再加一點醬油，美味的豬油撈飯便打發了我們無數的假日晚餐。外婆自己也和我們一道吃着這灶前料理，搬一把椅子，高興地陪我們吃完，總之不會讓我們餓着肚子回家去。我一直懷疑，慈悲的外婆過早地逝去，和那一碗豬油撈飯不無關係。起碼我一生中，總常把外婆與豬油放在同一個記憶的部落格內，用最可笑的方式，對舊時社會的貧窮落後，記取沉痛一筆。多少無辜而善良的生命消逝了，都是因為時代落後，而我們，在時代的奮進聲中，不過是被迫換了一個新腦袋。

少時見識過的豬油撈飯，如今在鋒頭無兩的各種健康資訊中，逐漸變形為飲食創傷後遺症的象徵堡壘，是心臟殺手的連坐兄弟，誅之惟恐不及。可在香港社會經濟仍能飛升的九十年代中期，我見證過學界的賢達諸公，為了一碗豬油撈飯，長途入偏遠，吃一頓圍頭菜，享受懷舊美食，順便論盡學林風月；吃罷復得意描摹一番，以示大勇。印象最深的一回，是隨校內十數女強人，鬧哄哄地聯袂去朝拜那張據說已成經典的菜單。不吃高脂誓不還。但聞那位可愛的很懂得吃的講座教授，席間大發豪語：叫那些什麼都顧忌不吃的人靠後！我細看那瓶站在飯桌中央、似訕訕笑着的淡褐豬油，聯想到人有三衰六旺的真實。世間繁華升降，不外如是。

那是個不確定的年代，可以放任，可以奮發有為。要走的，已捲拾行囊，決心留下的，意在投入一股未可知的時代洪流，創造彼此的身與世。凡未知的，都是值得玩味的：等待、嘗試、觀望、攻守、得失……如何對應機會，把握偶遇，都會改變一個人的命運。吃一碗豬油撈飯，不過是讓圍村風味，為往上攀升的氣場添一筆奇幻色彩，加油，而已。同一時期，拌着滿滿豬油渣的狗仔粉早已無聲於街頭；我向幾位本地中年朋友請教，他們都異口同聲，說記憶中未聞此物。於是偶作滑稽的浮想，不知粗糙的狗仔粉落後於形勢，在街頭飲食界長期沉淪，民望不及碗仔翅持久高企，和人們期望往上流動的社會心理配搭是否有一點關係？吃一碗碗仔翅，每一羹都可以勾出些許虛幻的富貴，不是說魚翅當粉絲嗎？而捧住一碗狗仔粉，會嚥下太多的不甘？已經做到隻狗咁！昔日故居附近的茶果粉，從來未入我的小城夢，想來也是因着它的平平無奇；世界已變得更有姿采，中外美食紛陳，誰會念念不忘一碗糊糊的粉條？它們，被時代，淘汰了，沒能趕上顧客的追夢人生。

當然，事實是，能否在社會流動中攀上高枝，絕非個人主觀意志可為。一陣風來，有能有運的，便青天白雲翺翔去了。此所以學生每聽我說「命也」，便哄堂大笑，視為對我退休後的緬懷金句，和另一位先生的「小烏龜」並放到系裏祠堂作供奉。他們大抵也深明「命也」的虛無，小烏龜更不懈，白兔哥哥若不輕敵，終是奈何。努力而得時，才是人生大確幸。要知道社會發展越成熟，制度越鮮明，人們向上流動的機會越發凝滯；一切須按鎮日加高的階梯，循級而上。就像鋪天蓋地的健康資訊羅網中，今天誰還敢動輒來一碗豬油撈飯？它只能定格為圍村菜的招徠賣點，推銷鄉郊氣息的活動亮點之一。畢竟，它已沒有更大的創造性。

那天我在「沙田18」吃到的狗仔粉，的確清淡多了。小小一碗，粉兒像飄着的幾朵白雲，鬆散不成軍，是飯後聊補一點羹湯的意思。半個世紀之後，狗仔粉華麗轉身，調整步伐，載負本地民間飲食史的傳統使命，適應新時代，造就新品味，由大笪地，登五星之堂。

古早味之樂

弟弟早前宣佈，今年夏天無論多忙，都要遠道回澳門一趟，為的是參加中學畢業四十周年的同學聚餐。端午過後，機票訂好了，菜單也揚開了，我們一看，議論紛紛，確信這群五十七八的後中年漢子，都是準備着一副懷舊的心情，回到母校，在校園擺開華筵，撫今憶昔，共話平生。每一道菜，都可以招魂般把星散多時的五陵少年喚回松山腳下、得勝路上，特別是那些走出校園便離家老大回的原鄉客。

那是一張我們少時熟悉的菜單。凡有親戚喜慶事，我們才「盛裝」走上國際五洋中央禮記或德記的樓梯，興奮地吃到的珍饈；雖是樸素的年代，可真是貨真價實的好東西呢，雞有雞味，魚有魚鮮，且絕不會用鮑魚菰代鮑魚，因為那時仍未有鮑魚菰這東西。至於大蝦碌、八寶鴨、髮菜蠔豉等，吃去也不會疑惑蝦頭蛋黃蠔豉是否有益健康，總之食得是福。其中有些菜式，闊別幾十年，真個久違了，所以當我們看到那菜單上的金錢蟹盒和金錢雞，有人馬上起哄說，也要回去吃一頓這樣的古早菜。

古早本是閩南語，大約千禧之後才由台灣旅遊界傳過來，勝在本相流露；既古且早，中文沒有時態，它就是過去式的表述了。一聽古早，就知原汁原味，食安問題尚未出土。金錢蟹盒是小城特有的古早菜，倒是最近才發現的，且大大震驚了一陣。這小時飲宴常見的龐大美食，外層的透明薄皮，原來竟是兩片肥豬肉！震驚、龐大和肥肉是串燒起來的情感結構。大大一個金錢蟹盒，筵席之間，主人當然慷慨地每人派一個了，想想童稚小人，不必和別人分享，能擁有整個剛炸好的香脆美食，簡直吃到興奮點上去了。有多少飲宴就有多少快樂，有多少快樂就吃了多少金錢蟹盒。不中亦不遠矣。事實我們不懂也從不考究箇中食材為何，吃的本相，也是舊時生命的本相，只圖簡單美好，沒有任何食安的枝節，也沒有食療的關注，例如營養標籤；在一般都營養匱乏的年代，我們只講究食之有無。要來到今天，發現小時餐桌上的月宮寶盒，竟是兩片肥肉製成的！這震驚，可是半個世紀後的事了。半世紀之後，要重新吞嚥一隻大大的金錢蟹盒，可能需要類近拚死吃河豚的勇氣，才狠狠了斷那依依的原鄉情結；當然，你是永遠不能再攀上與昔日等高的興奮點去的。永遠。

剛過去的冬天，一天領着京城來的學生往上環舊式茶居觀光去，讓他見識老香港的品茗風格和懷舊點心。他對豬肚燒賣和鴨腿麵都很有興趣，和滿堂慕名而來的異鄉旅客一樣，吃得很高興。我指着牆上紅紙列出的幾種需要預訂的菜式，說上面的鴨腳包和金錢雞才是真正的懷舊點心，沒想到如今又復古來了。鴨腳包不同今日一般茶樓的鴨腳扎，也和外省的製法不同，我們是鴨掌內放上叉燒和鴨肝，外面用一條長長的鴨腸捆紮着，胖胖的像個小鎚，拿去串起燒烤；這些工序不是尋常人家可以調製的，只賣燒臘的店裏有售。燒臘店內，還有金錢雞這好東西。金錢雞不是雞，也是串燒的燒烤棒，每份疊着薄薄的雞肝、叉燒和冰肥肉各一片，用鐵枝串起滿滿一條，烤好，蜜汁流滴，香氣四溢，是店前大玻璃櫃上的無敵風景。舊日行經小城康公廟附近那燈火通明的燒臘店，鴨腳包和金錢雞色誘着每一個小孩，尤甚於結結實實的叉燒或白切雞；令人垂涎欲滴的，是油光閃亮的燒烤棒，像吃不完的層層疊疊的魔術杖，而這些魔杖，歲月輪轉間，不多時便在我們眼底消失了。玻璃櫃前的小身影，都看大觀園去了。

金錢蟹盒帶給我們的，是小時飲宴的快樂，而金錢雞和鴨腳包，是和老祖母相連的記憶符號。常常，晚飯前，家裏若想哄她多吃點，我便老遠走完一條十月初五街，給她買一點金錢雞或鴨腳包回來。昏黃夜燈下，老人吃得開心麼？老實說已記不起來了。也是到了今天，我才驀地想起，縱兒孫繞膝，她可曾快樂地活着？我們都喜歡慈祥的祖母，鎮日纏着她，伴她聽南音，隨她乘夏涼，跟她去市場，可紛亂的年代，依稀從未見她開懷歡笑過，她只靜靜地在老屋來去，幽幽活過一生。她的內心世界，自然也隨她塵歸故土，深埋不起。

吃的快樂是否會被歲月漸次磨蝕？今天我常常自覺不近人情的舉措，包括厭倦酬酢飲宴和拒絕故人相見。春酒雖暖，蠟燈更紅，熱鬧過後，心如蓬轉，不如歸去。退出職場的可貴，在復得自由，自由的定義之一，是不勉強自己。事實我從未參加過任何畢業周年聚餐。人生不相見，動如參與商。為吃一頓與昔日同學相見的飯而飛越大洋的人，要有追星的本事和追夢的豪情才能十觴不醉。少壯能幾何，鬢髮各已蒼。咬一口金錢蟹盒，馬上知道身在原鄉；夾起幾片金錢雞，可以意識世事幾回、松山滄桑。

可約期將近之日，弟弟忽然大大抱怨，原來他的同學中，有環保人士和健康飲食人士，覺得懷舊菜單再也不合時宜，人過中年，敢吃高脂古早菜的人只佔極少數，一切得重新安排云云。我們一看，都搖頭嘆息，竟換成梓園吃上海菜去了。

師緣

去年十二月中，給老師寫好的聖誕卡放在桌上，打算次日寄出，突然傳來他謝世的消息，感傷甚深。

陳炳良教授是我在香港大學的老師。他是我兩篇學位論文的指導老師。人生一路走來，從沒有想像過會在大學畢業又工作多年後，有機會回到學院搞學問做研究，更沒想到會走上一條學術路。茫昧之中，似冥冥自有安排，而一切的緣起，皆因老師出現在我的生命中。

老師出現在小城，是因為上世紀八十年代初澳門東亞大學的公開學院請了一批香港的大學老師，每逢周日來給校外課程的學生上課。小山上的周末或周日，有時挺熱鬧，穿梭往還的，盡是一時學界名師，多數來自港大。我那時任教預科學院，只無名小輩，凡有聚會，只聽的份兒，但卻聽進一個新世界；又因學科的關係，和老師相見機會較多，有時不免向他討教，一天他忽然提起，不如來港大讀碩士？就這樣，我跑上陌生的薄扶林去，在那裏兼讀哲學碩士課程，開展隨後一段漫長的學習歲月。多年之後，又因老師的鼓勵和提攜，曲曲折折地，在大學教起書來。人生下半場的良好際遇，都來自一份厚厚的師緣。

師緣是成串的，並不單薄。一九八五年的夏天，老師讓我「遊學」薄扶林一年，先自己讀點書，也見識一下世面。我就像鄉里出城，隨他遊走在陸佑堂和馮平山圖書館的通道間，也漸漸認識了那時隨他修讀博士或碩士課程的幾位同門。第一天便在他的辦公室遇到李仕芬，下山時又在西閘附近見到陳國球。他們都是比我年輕的師姐和師兄，也是後來幫我最多的同門。隨後陸續認識新婚的程雲峰和蘇彩英，還有劉燕萍。印象中，那幾年就我們幾個常常和老師聚在一起，每次來港，總在晚飯中相見，飯後再飲咖啡去，夜闌始散。而飲食之間，我又聽進另一新世界。幾位同門都是港大中文系本科出身，是那時學界的尖子，敏銳聰明，努力不懈，自得自信，見識自然比我多了；飯間除了論文，即使笑談黌宮軼事，也大有學問，且趣味無窮。偶然我們也會在飯局中見到一些前輩教授，如李田意教授。我慢慢地覺察到，這該也是老師讓我見識的其中一種世面了。

一九八六年註冊入學後，學習便入正題。那時在港大兼讀，無論學習或行政規範，都沒有任何體制上的牽絆，十分自由和寬鬆。這是其後我長期在大學工作的經驗中偶然回顧的感受，且深自慶幸；年中從無什麼成果、報告或進度之類的限令，讓學生自動自覺，安靜地完成論文。一干手續都簡單易行。行政人員總親切友善。想挑個心水儲物箱，可愛的職員會讓你先去視察一番，再把有那編號的鎖匙讓你用抽籤的方式拿到手。馮平山圖書館的職員更是樂意助人，基本沒有釘子可碰。老師對我們也很放心，不會像我自己後來帶研究生般動輒焦躁。那時他常建議我看一些西方文學理論的書，說可嘗試用來解釋中國古典詩歌。猶記得花了整個夏天坐在圖書館去「悟」一本《記號詩學》的惆悵與痛苦。雖說後來博士論文的寫作還是回歸到傳統研究方法去，但書一定不會白讀，俄國形式主義、新批評以至結構主義或讀者理論等都讓我此後讀文學作品時有了新的角度和視野，不再只由知人論世切入作品去建構閱讀意義，無論研究或教學都會用得着所學，總是值得。我是在台灣師大讀的本科，沒有做研究的訓練根柢，不懂寫嚴謹的學術論文，初時簡直混亂一片，不知頭緒，老師的妙着是派師兄過大海來給我指導。時過而後學，勤苦而難成。我一直感恩於這些同門的扶持。當然，老師的包容是最重要的，「繼續」是他恆常的鼓勵。這讓我即使在攀爬前行中遇到無數困阻，也從來沒有很大的挫敗感，多數時候都是愉快的。所以今天我們的研究生面對種種包括體制上的龐大壓力，實在深感同情，當然，也無能為力。世界變了。世界因為電腦發達而變出無數監管渠道來。這只是禍福相倚的一例。

以前電腦未普及，一切靠手作。難忘那些年周六周日在馮平山圖書館找資料的靜好歲月。放着藏書卡的小抽屜，一個一個的開着關着；一本一本透着書香的古籍，捧着翻着；一張一張空白的卡片，抄着又疊着。忙了半天，精神委靡，伏在書桌上想喘口氣，不多時便往往被睡魔徵召，然後老師一人，殺上「拉記」尋諸生來也，在桌旁輕輕一拍：起來，午飯去！我和三兩同門便快樂地隨他下山吃飯去了。三年過去，戰戰兢兢地交出了碩士論文，老師又淡淡的説「繼續」。就這樣，我追隨老師，前前後後「繼續」了近十年。當初很多香港人以為我懂的東西，我其實都不懂，而漫長歲月過去，我的確見識過不少世面，也懂了一點點。

有緣是師生。因研究學問而結上的師徒之誼，最初有着教與學、啟與悟、施與受的明確角色關係，追隨老師有年之後，一篇學位論文能造就學生的，可以是超越性的具生命價值的種種體悟與思考。這是我在老師多年指導下學習的得着，也感恩老師一直讓我在人生路上有再出發的能量。

老師平易隨和，從不疾言厲色，事實他說話不多，學貫中西，整天埋首書堆，撰作不絕。他在陸佑堂的辦公室，書山處處，亂成一氣。有一年，我放了一個小盆栽在他的書架上，說是添點綠意。一個夏天過去，暑假後他自美國回來，雖缺水數月，那虎尾蘭竟然仍能挺着一身深綠，正是室雅何妨亂，書香氣自華。

老師由港大到嶺南，榮休返美後，不久便傳來染上頑疾的消息，輾轉多年，終於在去年的冬天過世了，帶着我們無盡的感謝和思念。

遇見小樟樹

疫中講究獨活，只能偶然在家居附近行人稀疏之處走動一下，以舒筋骨。比起當今世上那些疫情嚴峻的封城之地，我們狹窄了的自由，更值得珍惜和自重；不讓瘟疫肆意蔓延下去，是每一個人的社會責任。但人在這種非常時刻還能高高興興地活着，只說時容易。生活變了調，命運懸一線，誰都不知微茫的病毒此刻飄浮在哪裏？眼前現實是，不尋常地遇見新冠病毒，往往因為執意聚眾，不甘獨活；而獨活，有時會遇見世上最尋常的東西，比如一株小樟樹。

那天散步，走到較偏遠的社區邊緣，忽見長廊盡頭站着一株小樟樹，在迷離春霧中瘦弱地守住寂寞無人的角落，半樹新綠，夾着細碎繁花。初見奇怪，環顧這個號稱住了兩萬人的河岸小城區，無論休憩地或園藝區以至行道樹，一般都只見細葉榕、白千層、蒲葵或白玉蘭等此地最常見的樹木，樟樹是稀客了。對岸市中心的中央公園，一棵潺槁樹悄悄地躲在牆邊，掛着個「屬樟科」的標籤，應是樟樹的宗族了。它引起我的注意，是因為其名有趣，諧音讀來是既孱弱且枯槁；但每回路經，總見它一樹欣榮，在為自己爭氣呢！城中街頭不乏樟樹，若要觀賞雄偉的樟樹，得老遠跑到九龍公園去，那裏有著名的百年樟樹群。一列老樟樹綿延在公園圍牆內，綠蔭如蓋，伸張至牆外的行人道上，為無數過客添了許多舒心的夏日清涼。老樹經過的社會風浪，肯定比我們多了，儼然一本香港現代史呢！想知道眼前疫情怎生走出去，問問這些智慧老者便知道。它們一定給出最樂觀的答案：天下哪有不完的災難？

小樟樹幾時落戶到我們這河畔的社區？我想可能是前年颱風「山竹」做了樹界殺手，無數樹木面對一場深度淘汰，結果是，路旁綠蔭少了，其後滿眼新枝，小樹紛紛來換班。搖搖擺擺的低矮白玉蘭最多。年資尚淺的白蘭至今無樹蔭，即使開過幾盞甜香的花兒，我們只能與它保持社交距離，深呼吸幾下，便得識趣走開。見識過一場驚心動魄的全城樹劫，人們終於懂得尊重這些綠的芳鄰了。又或者，小樟樹站在這裏已好幾年了，只是我向日忙於工作，點對點地交通往來，絕少在區內行走，所以沒有遇上。

長廊盡頭的小樟樹只十來呎，看去寂寞，但生意盎然。它若是這周邊唯一的樟樹，能獨自活出姿采，值得欣賞。那剛完成春之交替的青葱嫩葉，稀稀疏疏，舊葉剛全部落下；老一輩徹底讓出樹冠後，新生代開始創造屬於自己的未來。這是常綠樹每年的生命節奏。小樟樹在新舊葉的輪換間，會慢慢地長些閱歷。欣喜的是，在我遇見它的一刻，它正好翻開象徵生命新希望的另一章；今年的新陳代謝已美好地完成了，細碎的黃綠小花也開遍了，伴着嫩葉，青春招搖。站在樹下，你會覺得，春天應該就是這樣子的。天空在疫情未了的城市，吞吐着抑鬱納悶的灰暗，一陣風過，輕盈的樟葉忍不住興奮聚眾，和枝頭的小花扭着，共舞一陣。莫負韶華。蒼穹下疏落的樹冠，是它們期待施展身手的工作坊，管他確診數字如何悸動人心，夏天一到，誓必努力創造，織出濃蔭，好歹留住艷陽天時的一二行路人。

春天自是多愁，今年更苦。活潑的花葉嘲弄一片陰沉大地時，小樟樹瘦瘦的樹幹仍板着一張老成的褐黑鐵臉，表現克制。事實上，我能在一瞥間認出這株樟樹，便是因它身上獨特的縱裂溝紋。據説是木理多文章，所以叫做樟。樟樹雖小，黃褐樹皮上，直排的深黑坑紋似經斧刻，十分的粗線條，性格鮮明。如硬漢。我對這木中硬漢有着深厚的感情，它帶特殊體香，是經得起歲月考驗的良材。熟悉的味道來自昔日老屋中那些神秘的樟木櫳，長長的深棕箱子是巨型的寶盒，扣着個簡潔的銅片鎖，鎖着如煙歲月。幾隻古老樟木櫳擱在屋內，終年蓋在厚帆布下，少有打開。奇怪我們也從不追問，箱子裏可有好玩的？反正老屋有太多我們不懂、也一直不敢碰觸的東西，像人與人之間的恩怨糾纏，何從又何去？

樟木的味道每天都在我們身邊。有一年，母親由外婆的鄰居處買來一個古舊的樟木櫃，放在我們的房間。衣櫃四呎見方，四層抽屜，三面雕花，刻着人物、花園、假山和亭台，手工精巧。每天打開抽屜，撲鼻是一股淡淡的令人心安的樟木味。我們讓它收藏最貴重的東西，包括一套外婆送的陶瓷杯碟玩具，一直放了好多年，都捨不得拿來玩，後來小人都長大了，它也就無聲消失了。想來我們其實從未真正擁有過它。回頭看到的，倒是這樣的價值觀支配了我們的一生。行樂及時。我們怎麼不曾讀懂這四個字？

美麗的樟木櫃被我們遺棄在小城十餘年，後來回去清理故居舊物時，打開抽屜，裏面的衣物竟都完整無缺！於是它又浮海來到大城，繼續我們與它未了的緣分。當年母親説樟木櫃來我家前，已是幾十年的舊物，轉眼它又在我家活了六十年，百年的樟木，油潤如昔，今天我們讓它收藏着紀念母親的衣服，每回打開，迎着幽幽芳醇，有説不出的溫暖。

沏一杯舊六安，便似老家依舊在，只是夕陽紅。母親身故那一年，我們為了尋找她的道袍作陪葬，打開一個塵封的樟木櫳，竟意外翻出她的裙褂，和父親當年在婚宴上穿着的長衫禮服，也是完好無損不走樣；寶盒鎖着的，原是從前亂世中美好的記憶了，終年埋在灰黑的帆布下，是因為，一代舊人走過來，幸福都在勤苦中深耕，天地無常，誰會時刻撫物自憐去？到了愁深處，曾經的美滿，看都不願看。

小樟樹要成大器，道路阻且長。像九龍公園的百年樟樹爺，它要用心細讀一本厚厚的歷史書，知道城市的去來、人類的禍福、自然的力量。歷史是不能迴避的。一朝修習有成，它大概會輪迴為一隻華麗衣箱，緊鎖着許多浮世的寂寞與荒涼、風霜與災難，只凝住無數美好的春天與希望。

等待

等待原是無奈的、痛苦的，大抵世上沒有誰會喜歡等待，但事實我們都寧可有所等待。

去年春天開始，疫境中滿城恐慌，其後三百多個日子，人們沉住氣，小心翼翼地活着。疫情起落幾番，紛擾天地間，角落暗處，是不尋常的寂靜。靜默之中，隱隱一隻小鳥，拍着希望的翅膀，在凝重得快要窒息的空氣裏，告訴我們，唯一可做的，只有等待。

等待是被動的、沒有作為的。心甘情願去等一個人、一個時刻、一個機會、一個完成，都是美麗的事。但茫茫地在疫境中等待一個契機的出現，忐忑與焦慮絕對是一種折騰。在等待病毒傳播鏈消失的同時，太多人間的等待在悲劇延伸；等歸人、等歸家、等復工復學、等復常。原來等待是瘟疫的創傷併發症之一，防護與清潔則是疫苗面世前的君臣藥。

說到底，是要忍耐。等得不耐煩，便是新聞中所謂日本年青人在疫境中的對「自我克制感到疲倦」，許是宅家日久，守不下去了。世界各地也迴響着相同的聲音與訴求。撇開民族習性不同的文化底蘊，我把這現象歸因於急於求成、即食文化的時代心理。等待不是新世界人類的一杯茶。

必須承認，我們的傳統老百姓特別能忍，女性尤甚。母親和她上一輩的婦女，對等待這回事都特別投入和認真，耐力超凡。生活裏最常見的，是每逢候人候車候船都必提前好幾個小時動身，深恐因遲到而失了信諾，或誤了行期，為此不惜虛耗生命，令人嘆息。實在，對舊時代的婦女來說，日子就是由無數等待織成的羅網。好運的，網起千斤盈滿，否則，網間只任海水流瀉。她們的一生，待嫁個好郎君、待兒孫長大、待遊子歸家，環境差時等運到，家人入歧途時等回頭，最後待晚福齊天。昔日那些靜坐簷下或隱在深巷的占卜師，對希望窺探命運的婦女的誠心贈言，不外是說，等待些時，好日子在前面雲深不知處。於是她們便心滿意足地奉上小錢，然後揹一個希望回家去，在一趟問卜的記憶褪色之前，啟動無邊的等待工程，直至下一輪的問卜。每個希望是一顆鮫人泣出的水珠，等待是線，串起無數的晶瑩，如淚。生命就是一條長長的珠串。大禹治水，塗山女作歌：「候人兮猗！」這中國第一首情詩只有「候人」兩字，卻淒美動人；「兮」「猗」兩個纖綿得令人心碎的語詞，把等待的人在希望與絕望之間的忐忑幽咽聯綴，往復擺盪。等待，就是這樣的一回事。

等待瘟疫過去令人難耐，是因為欠了一個人間的信諾。當世上無一人能說準災難幾時到盡頭，我們便只好和等待工程良性互動，磨合種種可以撐下去的好心情。那段日子我和所有人一樣，在手機上接收到很多帶着好意的資訊：各地美麗的風景圖片、音樂名曲、舞蹈片段、食譜介紹以至解悶的智力遊戲等等，或考眼力或考手快，總之不要讓腦袋僵化，千萬不要無聊，軀體可以被囚，腦袋和心靈必須時刻激活，才可看花落又花開。抗疫要有樂觀的精神和小心的態度，是此刻社會集體的共識，讓人在失了方寸的等待中稍感安穩。

我們是在等待中創造命運。

等待是青煙，創造是爆發力。等上位、等出頭、等運行的荒涼，君子和舊日婦人一樣，常苦無法掌握自己的命運。生命的火花是要燃點的。寧戚高歌「長夜漫漫何時旦？」齊桓公聽在耳裏，看牛的才有機會走上朝堂治國去，於是改寫人生下一章。今天，這行徑叫做進取和表態。有一年，學生臨畢業，告訴我他希望有朝一日能發達；我的建議甚為保守：那你便得好好努力儲蓄了！他說老師你落後了，儲蓄要天長地久等累積，節流太慢，也太薄待自己，你應鼓勵我進取地開源，開拓商機賺大錢，這已不是省儉的時代了！他給我的反教育，否定了大學多年來溫柔敦厚的農耕式灌溉，就差沒聲討我們不送他一套賺錢神器。急功如此，我只能暗暗為他可惜，可惜他打後的人生必然密鑼緊鼓，少了幾縷美麗的青煙；青煙繚繞處，斜陽照阡陌，總是好風景。

等待是美麗的。匆匆忙忙的尋常日子，被我們丟在腦後的人或事以至莫名所以的小念頭，丟了就是丟了，沉沒在瀚海，飛散在虛空，了無痕跡。忽然來了個措手不及的叫做疫境的時刻，生活的步伐不再匆忙，限聚令或封城令等新名堂遏制了曾經過度的活躍，我們可以深刻體認等待這尋常的心理狀態，在等待中，若能重新發現生命中曾經遺落的許多東西，不失為一種美麗的悟境。於是，待得疫情過去，我們便有了更新過的希望。北極臭氧層的大洞已忙不迭自我修復，空氣乾淨得可以放心呼吸，於是我們可以掏空內心的癡念，可以放開焦慮與不安，可以思考人生新方向，可以審視一些交友的賞味期限……病毒消失時，枯枝敗葉落盡，我們重生。

等待是值得的。忍耐有時，創造有時，更新有時，希望有時。世界運轉飛快，像從天而降的一場肺疫，讓我們停下腳步，長噓一口氣，等待下一台好戲。

龜情

相熟的朋友都知道我有個小小的收藏，那是一堆雜不成軍的小龜擺設。龜偶的收集成果，並非我與生俱來的偏好或刻意培養的興趣，只是無意間生出的興味與累積，一定要找出個存在的意義來，或者，它是我生命中某一階段意識形態的投射吧，沒有更多的物情可以交代了。

龜偶走進我的生命，是個再平凡不過的遇合。小城荒山上，從葡國花地瑪朝聖歸來的年輕女子送我一個小禮物：一隻經典葡國白底藍花瓷的小烏龜擺設，約長四吋，龜殼可揭開，是個有收納功能的清雅小玩物。我把它放在書架的一角，從此它便跟着我的遷移腳步，我的辦公室搬到哪裏，它就靜靜地待在那裏，想來它見證了我半生的銳變，走着前路未知的旅程，分享我的喜悅與哀愁。沉重工作中抬起頭來，偶然，瞟它一眼，便知道我所自來。有那麼一天，我甚至忽而意識到，它趴在那個我多年前拾荒而得的書架上，一直向我示範存在的價值，作為童話故事中的賽跑奪標者，它默默為我的生存狀態做着現實演繹。

書架當然是木造的好。木頭有生命。可校方供應的，都是冷硬的鐵架。當初由臨時校舍五號倉搬返校本區，我把據説本來是以前院長丟棄而安置在我身後的木書架一併帶到新崗位去。後來的新上司慷慨讓我請木工多加兩層，於是六層高的六呎大書架鑲在斗室一壁便調和了鐵架的冷感。我喜歡它的沉實，正好安置自命不凡的十六開精裝書。經典都是用來充撐場面的，誰都知道。電腦是它們在新世代更便捷的藏身之所。然而昔日在書店身不由己的揮金如土，實無關粉飾場面的虛榮，只是藉書本來掩藏心虛。不懂的東西太多了。每被指派任教新科目，或開展研究新課題，便到書店把相關的參考書通統搬回來，再把自己埋在書堆中。這時候，藍花小白龜往往逕自呢喃：慢慢來便好。

好多年之後，我以龜速完成一場生命中的壯舉，僥倖而光明正大地把路旁打瞌睡的好些出身高貴的小白兔丟在腦後。那是一場獨特的大賽，事實我也看不清自己能爬得多遠；背負着與生俱來的重擔，天生比別人矮一截，我的視野只能落在黃土地上。抬頭不見青天，儘管陽光或雨露均沾，我都只能躲在幽暗的天然防空洞內，免被無情的炮火傷及。

這一年，我把藍花小白龜帶返家中，參與陣容漸見可觀的小龜偶隊伍，同行的，還有一隻剔透玲瓏的水晶小龜。水晶小龜是舊時上司夫婦相送的賀禮，大概見我在終點揮汗如雨的顫慄與惘然，也夾帶些安慰之情。只有看透世事的人，才能閱讀龜的低調與耐力，和牠的伸縮有時。

來自世界各地的小龜偶，多是旅行時偶然的遇合，或朋友的餽贈。氣質最不凡的，是新加坡好友特意為我燒製的四隻可愛小陶龜。她是日本小原流的花藝家，創作興頭一旦移到陶土上，可不是鬧着玩的。分別經年，她知道我「忽然」愛上龜偶，便捏出一堆生氣勃勃的小泥龜來；無論花兒或龜兒，她創造的，都是有鮮明生命力的藝術品。設計不同的陶龜每隻約四五吋長，圓圓的龜背誇張地高高拱起，威儀出眾而造型有別。棕黑的，有如荷葉覆蓋，裙邊含蓄翹起，殼面平滑純淨，可生悟境。塗上幾筆墨綠龜紋的，似一隻飽滿的潮州茶粿，可以祭祖祈福。米白的披着一塊圓圓的行將墮地的褐色閃亮障泥，可馱起勇士出征沙場。信心滿滿的一隻，背包也最有份量，簡直就是抹了一片巧克力的大饅頭，倉廩充實。小龜們裝扮各異，相同的，都是脖子伸得長長的咧開大嘴巴嘻哈前行，昂首闊步，趾爪肥厚有力，龜步穩踏；時而起哄：來！讓我們探索新世界去。樂天的健行龜賦予我力量與勇氣，它們無疑是我的至愛。

藏品中以出門時自家挑選的佔多數。人間心自寬。小玩意是慰勞自己的恩物。掌上可舞的小龜偶各種材質都有，石頭的玻璃的木材的葵枝的棉布的織錦的金屬的數之不完，最有氣派的，自然非印度的雲石龜莫屬。就一方潔白無瑕的雲石琢出一隻渾成的小圓龜。龜背有紅色小寶石砌出十片花瓣兒，再從旁伸出五枝花蕾，枝蕾都由或紅或綠的小寶石鑲成。如胖胖小天使，它把其他閃亮俗氣的旅遊紀念品比了下去。「沙士」那年的冬天，黑霧迷漫中，我走過新德里一個行人隧道內的路旁大賣攤，毫無懸念下，把它放入衣袋，再續我們相遇的緣分。

人與物的緣分有時很曲折，如人間的聚散無端。我有幾隻精緻的玻璃小海龜，分別來自世上玻璃精品名城如威尼斯、布拉格和小樽，可最得我心的，是來自芝加哥的美麗少女送我的佛羅里達小小綠海龜。初見少女的媽媽，是半世紀前的小城校園，她才五六歲，再見已兒女長成，雖說是再尋常不過的重逢，錯愕與唏噓卻交集出一種莫名的幸福感。有一種友情，是經年經月的交往卻瞬間可成陌路，另一種是彼此多年不相聞問，而相見仍如故。幸福是不曾錯過生命某種契機的感受。少女欣然把她旅途上鍾情的小龜偶送我，有讓它叨陪末席之意。它迷你精巧，讓我久久記住這個有志做獸醫的可人兒。

海龜與陸龜是有分別的，前者生活在海中，甲殼呈扁平流線型，頭和腳蹼不能縮入殼內。沒有趾爪，腳蹼如槳，牠們可在水中暢泳如飛，所謂龜速，只是包袱相對沉重的兄弟的委屈。一隻長近兩呎的南亞海龜，曾作客我家十多年。那是個標本，主人告老還鄉日，因為海關手續繁複，知道我喜歡小龜，便送我這珍貴禮物。我讓它雄踞家中，以龜的真身，鎮住龜偶之場，倒也氣勢一時，有真假同遊太虛之趣。夜來無事，南亞大海龜與佛州迷你海龜若來一次關於真假與大小的深情對話，想必饒有興味。莊子做完蝴蝶夢，大概也會揉着惺忪睡眼，在網上Zoom一陣，才逍遙八方去。

海龜標本後來被我輾轉送到漁護署，是因為退下職場後「斷捨離」的生存大法主宰了現實，也因為旁人的善意，和對城市標本收藏法例的誤解。不過凝住了生命的海龜，的確值得有更好的歸宿，例如走到學校，肩負教育的重任。然後，我告訴每逢外遊必送我一隻龜偶的好友，遊戲已結束。東坡說：「君子可以寓意於物，而不可以留意於物。」他以為人有可寄託精神之物，雖微物足以為樂，若沉溺太過，即使可喜之物，也適足為病。我欣賞詩人的洞達。他沒有否定終身不厭的偏好之樂，但同時指出，要放得下。放得下才不失天生本心，乃道家智慧。回看我曾在龜偶身上寄託多年的東西，此情可待成追憶，而清空有時，今天都不值一哂。

說是物情有限，寫來又叨叨絮絮；我把諸多雜感敲進鍵盤，然後揭開葡國龜的背包，放入記憶棒，此時想起的，是友人剛發佈的新書：《日子輕輕地過去》。

後語

退休後，常和舊生説，想寫一本《只有詩如故》的書。關於古典詩歌欣賞的研究，坊間著作如林，從普及角度去寫並不容易，我希望沒有學院派的經典包袱，不故作深奧，不囿於傳統，把古典的東西融入今天的現實人生；看看古代詩歌有什麼東西是永恆的，和我們的生活氣息可有相通處？

這都是「本來」的構想。事情沒有迫切性，誘因單純，便也沒有「於是」和「結果」。沒有作為的日子，歲月很多時是用來蹉跎的。有一天驀然發現，懶散的巨人挾我躺平，那些曾經宏大而立體的念想，漸漸被壓得扁扁的，變成平面的、了無趣味的東西。惶惶之際，幸好還有「新園地」，披衣振起，趕赴交稿的死線時，有時會不自覺地把素日縈繞心中的詩歌放在寫作題材中，或乾脆作為主題抒發現實感情，就這樣，草就了一些小篇。結合其餘不同課題的長短之作，付梓成書，算是向自己昔日的願景有所交代。

《只有詩如故》，來自放翁詠梅名句「只有香如故」，用奪胎之筆，是因為它動人心魄的美。詩人以永恆的香氣莊嚴宣示梅花堅韌的生命本質，任化作泥塵，猶自開自落不息。這充盈的美，是世間一切值得珍視的事物的內核，經得起考驗，在屬於它的時間裏盛開和創造。詩，何嘗不是？先秦的詩騷、漢代的樂府、魏晉齊梁以迄唐宋明清的詩世界，廣大而生氣勃勃，不斷開啟藝術的表現容量。律絕是詩，詞曲是詩，劇中有詩。廣義的詩，可以抒情，可以論理，可以説故事。詩無所不在。在詩歌裏收穫的美好，可以滋養性靈，也可以體認人情物理。畢竟兩千多年前的屈大夫和我們説着一樣的話：「日月忽其不淹兮，春與秋其代序」，嘆光陰易逝；「閨中既以邃遠兮，哲王又不寤」，嘆孤獨無依；「世幽昧以昡曜兮，孰云察余之善惡」，而人，是需要被理解的。

詩的世界廣大而深邃，但不深奧。短至幾行的詩歌，可以上窮天地下達人情，陳子昂的〈登幽州臺歌〉只四句，任何人都可在把個體生命放入天地古今的無限中，凝視一個獨立蒼茫的自己，而不必拘泥於詩人的「孤負平生願，感涕下沾襟」（〈登薊丘樓送賈兵曹入都〉）的現實情懷；不為詩人的不遇而愴然下淚，因為未識他的生平者多，讀者感念的，就只透過文字滲出的茫茫天地間一個我的存在，帶着永恆的生命本然的嘆息。每一個生命都是獨特的，不是嗎？

如何體認由文字滲出的詩味？我一直鼓勵學生大聲讀詩。聲音運載意義，意義由文字潛入內心，酥化為雨露；詩作起於作者一念之間，終成潤澤讀者精神以至生命的「眾」念。讀着，萬象皆不見，但能照見自己。

王心靈是我昔日唯一的研究現代文學的學生，她在我最虛弱無力的時候，義助我一把，把這些篇章輯成新書，使出版美事成為可能，謹致謝忱。那天她說五歲的小甥女喜歡讀詩，在公園見花叢，竟自顧高唱「有花堪折直須折，莫待無花空折枝」。帶她搭船到離島，她會在夕陽西下的海上，高吟「白日依山盡，黃河入海流」。阿姨感動之餘，甫上岸即攜小女孩坐一回摩天輪，讓她感受「欲窮千里目，更上一層樓」的境界。我固然知道，這些都是愛詩的心靈的薰陶成果，可聽罷仍感動了好一陣。畢竟小女孩選對了情景，是發乎自然的最直接的感應與流露，並非盲目背誦；小腦袋快樂地汲取了詩的養分，詩便待時而發，那是天機。這樣的「時」，與寫作同具創造性。

雖說文學寫作的素願只是細碎地陸續託附在專欄，能在六年後再出版一本散文集，感覺良好。《只有詩如故》除了將古典詩歌融入生活，也一貫將生活各層面的活動和感受紛紜示眾，多是我退休後的隨筆；退休是人生佳境的其中一個理由，是「無意苦爭春，一任群芳妒」，且放篙發棹，尋更好玩的去。

鳴謝

本書部分文章獲澳門基金會研究所允許轉載，特此鳴謝

香港藝術發展局

香港藝術發展局
Hong Kong Arts Development Council 資助

香港藝術發展局全力支持藝術表達自由，本計劃
內容並不反映本局意見。